分享思考的
快
乐

1+12

通向常识的道路

刘苏里

梁文道
萧瀚
于向东
高全喜
阎克文
卢跃刚
金雁
钱永祥
郑也夫
刘小枫
止庵
吴思

中国文史出版社

图书在版编目（CIP）数据
1+12：通向常识的道路 / 刘苏里著. — 北京：中国文史出版社，2015.6
ISBN 978-7-5034-6419-5
Ⅰ. ①1… Ⅱ. ①刘… Ⅲ. ①访问记－作品集－中国－当代 Ⅳ. ①I253
中国版本图书馆CIP数据核字(2015)第116418号

1+12：通向常识的道路

财新图书主编：徐　晓
财新图书策划：张家艺
责任编辑：张蕊燕　胡福星
封面设计：合和工作室
版式设计：谭　锴

出版发行：中国文史出版社
社　　址：北京市西城区太平桥大街23号　邮编：100811
电　　话：010－66173572　66168268　66192736（发行部）
传　　真：010－66192703
印　　制：北京鹏润伟业印刷有限公司
经　　销：全国新华书店
开　　本：889毫米×1230毫米　1/32
印　　张：8
字　　数：150千字
版　　次：2015年8月北京第1版
印　　次：2015年8月第1次印刷
定　　价：39.80元

写在前面

2009年，与之合作六年的《SOHO》小报主持人“转战”《信睿》，我亦追随许洋和李楠，做系列对谈栏目，一口气做了四年。俩人是我认识的最专业的业余编辑。没有许洋和李楠，没有《信睿》，不会有连续四年几十个对谈。我对许洋和李楠，以及《信睿》的敬意，不是通过感谢所能表达。

本次结集出版的文字，来自我所做对谈栏目中第一组“重温经典”，共收入其中的12篇。对谈者大多是我的老朋友，他们之所长，涵盖人文学科和社会科学领域。年龄偏大者如钱永祥，同龄人若高全喜，“小朋友”如萧翰，都一口应承我的请求，戮力襄助。怀念那几年每次都多少予人紧迫感的对谈时光，我鞠躬感谢他们！

其实在当时便有将这些文字集册出版之机，对谈第三篇发表之后，汉唐阳光老板尚红科看出门道，约我一年期满，由他负责出版事宜，答应了，没多想。红科早早把合同传来，没细看。他多次催稿，我多次拖延。一晃过去五年。某时，终于想明白“拖延”的真实原因——每年参加若干图书年终评选，汉唐阳光的出版物每每入选。我喜欢那些书，常常推荐、投票。在我们私谊和少量赠书外，不能再有任何“利益”瓜葛，始对得起我们的友谊和那些被投票的书籍。欠红科的这笔“债务”，到我不再投票那天，一定偿还。

系列对谈陆续被出版界老朋友们看中，红科之外，有搏非、小吴（兴元）、瑞琳、由之、小强，好像还有晓楣，还有更多一般意义的出版界朋友。既然答应汉唐在先，只能跟他们表达歉意。他们的好意，都领了，记在心里。趁此机会，向他们表示感谢！

事后我差不多已决定将对谈稿件永远束之高阁。所以，当徐晓今年再次提起它们时，我不假思索地婉拒了。她听惯了我老生常谈的理由：世间好文章太多，手中底牌自知，不想给别人添乱，也不给自己添堵。她说我矫情、自恋。这一指控，对我有极大杀伤力——平生最恨矫情、自恋狂，也就是假大空。为证明自己不是那样的人，我同意她看稿子，再商量出版。校改稿出来了，电子版、打印件俱全，我五味杂陈，不知后悔还是高兴，百感交集，我除了感谢，还能说什么呢。

对谈稿件再次提上日程，我是过了些时日才知道更隐秘“内情”的。原来幕后推手还有一位——焕萍。单说对谈栏目这件事，她是我之外，涉水最深的人，她承担了与对谈有关的诸多杂务，也是每一期设想的第一个听众。在对谈结集出版这件事上，焕萍有着双重身份——既参与其中又侧身事外，像是比我更有发言权。她于出版此对谈集更多一层的考虑，最终不是说服，而是打动了我。我决定出版它们，没有焕萍的意见，读者不会看到这部集子。她功不可没！

此外，肖梦将我与跃刚的对谈翻译成英语，传给了科尔奈。科尔奈回信，很客气赞扬了跃刚与我对他思想的把握。据说那篇英文稿在哪儿发表了，引起些许注意。因这段插曲，跃刚和我都很感谢肖梦。

整个对谈，皆由一位我不知姓名的女士整理录音，甚为辛苦，——每次对谈，时间长，对谈者多有口音，三四万字的录音稿，往往耗去她几天的功夫。通过《信睿》主编许洋，我多次由衷感激她的工作。趁此，希望更多的读者知道，一件看上去不起眼的对谈，背后有多少人为之付出而没有留下名字。给结集起个响亮的名字，也是如此。徐晓和我之外，张缘也加入了我们的讨论，贡献了他的智慧。感谢！

对谈方式深受《两个局外人的对谈》影响，其中的局外人Y，就是现在已被人熟知的于向东，——他不仅在“重温经典”中出场，也是后来三个系列重要的出场人。开谈期，我找小枫商量此事，他大表赞同，予以指点。感谢他们！

对谈录此次结集出版，基本保持住了当年的原貌。这里不仅有编辑团队的努力，更与出版机构的宽容立场密切相关。感谢！

纳博科夫说过，人生哪个年龄段切入经典阅读都为时不晚。经典不过时，对它们的释读也不会过时。感谢每一位拿起这个集子的读者，谢谢你们！

刘苏里

2015 年 6 月

目录

刘苏里

从潘恩的《常识》到梁氏《常识》

与梁文道谈常识

梁文道 作家、媒体人。1970年生于香港，在台湾接受中学教育，香港中文大学哲学系毕业。从1998年开始不断活跃于香港文化界、知识界，身跨大学讲师、自由撰稿人、主持人等多种职业，参与或领导环境保护、动物保护、艾滋病人权益维护等众多社会公益活动。著有《常识》《味道》《我执》《关键词》等书。

缘起 >>> >>> >>>

无人不晓美国独立战争。但知道潘恩的人可能不多。知道他写的鼓动北美独立的小册子《常识》的人，可能更少。小册子翻译成中文，满打满算才55个页码，3.7万字。可就是这不足四万字的小册子，吹响了北美独立战争的第一声号角，成为美利坚合众国诞生的助产士，影响了杰弗逊起草的《独立宣言》，为新生的美国制定宪法，打下第一道尖桩。

独立战争前夕，北美大陆13个殖民地，总人口才二百来万，据说《常识》发行了15万。那时没有汽车、火车，没有报纸、电报，只靠马车传递信件和书籍，小册子竟然发行了15万！天文数字。也佐证了它非凡的影响力。

《常识》作者潘恩，其实是个英国人。北美13个殖民地，是英国人的殖民地。北美独立，是独立于大英帝国。英国人潘恩，跑到自己国家殖民地鼓动独立，是有超越性的，虽然形迹可疑，有叛国嫌疑。但后来的事实证明，有超越性的不止潘恩。他的母国在形迫势紧之下，也具有了某种超越性。否则潘恩回到母国，不受绞刑，恐怕也难逃监狱伺候。他后来确实吃官司坐牢，但是在法国，——因为支持吉伦特派，被囚巴黎的卢森堡监狱。被营救出狱后，暂居法国，后又回到美国，又去了法国，又回美国，反对当政者政策，在独立战争开战后的第34年，客死纽约。

《常识》发表于1776年1月。我手上的《常识》，是收在《潘恩选集》中的版本，1981年由商务印书馆出版，印了四千五百册，是当年发行量的三十三分之一，而1981年中国人口是10亿左右，是美国1776年人口总数的（约）500倍。你可以说，这些比较数字没多大意义，证明不了什么。可绕到数字背后，局面可能便不一样。

我更想强调的，是潘恩及其《常识》的核心价值：政治是分正义和非正义的，良好的政治具有坚实的道德基础。正是这一点，使得英国公民潘恩，不怕被扣上“叛国”“英奸”的帽子，毅然跑到北美鼓吹独立。也是这一点，催促他“闹”完北美，“闹”法国，——参加法国大革命，之后，回到美国批评当国者政策，而不致穷困潦倒，甚或坐牢。

其实，潘恩的《常识》，讲的都是大白话，一言以蔽之，批驳所有怀疑、反对北美独立的论调，指出大英帝国统治北美的丑陋与不义，坚决主张北美殖民地人民起来自己管理自己，按照自己期望的样式生活。大白话，讲常识，使其成为美国立国文献中的不朽者。

2009年初，广西师大出版社出版了一本同名《常识》的书，作者梁文道，大陆读者、观众熟知的作家、媒体人。首印的三万册,元月10日左右上市,虽隔了个春节,却在2月中旬脱销。不可谓不惊人。全文108篇，像是108条好汉，分上下篇排了座次，曰“理解当代中国的七十张关键切片”和“窥视世界的局部角度”。梁文道先生在谈话中说，起名《常识》，偶然又必然。那好，请大家与我一起分享梁先生的“偶然又必然”。

刘苏里

你的《常识》，我在新书发布现场翻阅，回家又接着看，让我一下子有了当年读潘恩《常识》的那种感觉。

处在急剧转变时代的很多中国人，包括多数知识精英，都比较迷茫。虽然有人觉得他自己是某种什么主义者……但中国变化之快、之复杂，吊诡的事情、非想象能力所能及的事情之多，会让大多数人感觉很糊涂。这时候，有一个厕身于外，有距离但又不太远，眼睛和内心都非常关注这些事件的“边缘人”，——他比较清醒，既有国外、港台的资讯，学理训练有素，能对中国现实问题和各种不可思议的事件保持敏锐，贴近“常识”谈问题，便非常难得。你和你的《常识》就是很好的范例。而且我发现，你的中文表述很贴近大陆读者的口味。此外，不论是你的引证，还是对问题事件、对过程的事实把握，包括你观察问题的角度，都有不同于大陆知识人的新意。一个问题可以从不同角度切入的，即使讲常识，可以讲这个常识也可以讲那个常识，比如你看泰国政局和他信倒台等，……你常给我的感觉，是和大陆人谈这些件事情的角度不一样。

姑且将你的《常识》称作“梁氏《常识》”好啦。短则七八百，长的几千字，读起来，几分钟、十几分钟一篇。这点很重要。读完全书，我更想知道的就是，无论你平时写作，还是这次结集，你要表达的与潘恩的“常识”之间，是否有某种文本或精神上的联系？

一定有，当然有。其实这个书名起得是很意外的。当广西师大出版社把编完的稿子让我再看一遍时，他们说就差一个名了。我回到酒店认真翻了两天，当他们再找我的时候，我就说这本书还是别出算了。他们就问怎么不出了，我说写得不好。他们说怎么不好？我说实际上不值得出，因为，我突然冒出“常识”

这两个字。因为我写的都是常识！没什么了不起。虽然这是意外得到的书名，但是我必须说我在精神上一直很认同潘恩的那种传统。

什么传统呢？从两个意义上讲：第一，小册子作家的传统，其实是16世纪在欧洲开始的一种写作方法。我后来才发现小册子这个东西，联合国居然还有官方定义。联合国教科文组织基金会的网页上面说：小册子就是一本印刷品，它不能少于5页，也不能多于48页。很搞笑吧。它有很悠久的传统，就在报刊还没有出现，还没有普及的时候，小册子是一些知识分子对公共事务表达意见时的方法，要特别轻、薄、浅、短，让人易读。潘恩说："我将仅仅提供一些简单的事实、明显的论据和常识"。小册子就是这样写的，它不会去写一些很深奥，宏大的理论，它就是很简单的东西，并且最适宜谈论公共事务。

单刀直入，都是谈具体问题。

对。而且小册子有一个目的："把真相、真理交给公众"。后来潘恩跟伯克（Edmund Burke）关于法国大革命有一场很有名的辩论。那场辩论里面双方都在打这种角色之战。双方的支持者、反对者聚集了150多本同类小册子在流传。虽然后来很多学者都认为伯克比较有深度，伯克胜了，但这是后来的讲法。以当时的情况来看，绝大部分的小册子作者都支持潘恩。而且潘恩书的销量也比伯克的高。他们两个的辩论就是一种典范：

把真理交给公众。这里面的意思并不是说知识分子高高在上，从上往下传播理论，而是我相信我的读者们有理性，能判断是非，懂逻辑，我们就来写东西，谁是谁非，真理是什么，然后交给公众判断。另一个有趣的地方是小册子这种形式虽然出现于报章没有普及的年代，但即使在报章普及得不得了的时候，它仍然存在，一直到现在都还有人在写。像布厄迪尔（Pierre Bourdieu）在法国就写过小册子。赖特·米尔斯（Charles Wright Mills）也写过相当多的小册子，只不过现在大家不认为它们是正经的学术著作就没怎么翻译。为什么有了报纸还要写册子呢？就是作者觉得有些东西必须超过一般报章篇幅才能说清，但它又不是一种论着。我非常认同这个传统，认同这种写作的方式和体裁，我觉得我要把自己归为这样一个知识分子的传统底下，我不是一个坐在庙堂里的人，我是一个要用简单的语言，直接的论证，乃至是谈论常识的态度来跟我的读者说话，让他们去判断这个事到底是不是这样。

第二，从学术上来讲，今天一般人都觉得潘恩不是一个大思想家，他很多想法其实是总结了前人的东西，他受洛克（John Locke）影响很深。整个辉格党的传统在他身上影响很深。他是一个能把以前的诸多理论、哲学用很简单的方法表述出来的人。这也是我所认同的。

当然，最后还有一点，“常识”这个名字本来不是他取的，而是他朋友建议的。我们来想一个问题，当时《常识》在北美卖到特别好，整个北美洲加起来才200多万人，它就卖了15万册。特别恐怖，从今天的角度来看也非常恐怖。二十分之一，几乎20人中就有一本。

几乎能识字的，包括那些军人。

卖了15万册，但看的人不止吧，一本有几个人看。当年的《常识》几乎是人人看过。

问题就来了。我们今天谈潘恩的《常识》，却很少谈另一个问题，就是它为什么那么畅销？我觉得理由之一就在于：他说的话大家认同，他说出来的话大家都觉得对。有点像梁启超，我也很喜欢梁启超，梁启超说的话，让人觉得他说出了自己的心里话。

潘恩在书当中也写到这样两种情况，一是有些人想说不会说，他说得好。还有些人想说不敢说，他敢说。

没错，所以这个就是常识。其实他讲的那套东西是总结前人的思想，而前人那些想法已经片片断断的散布出去了，已经有这个气氛了。比如他开篇区分社会和政府：社会是出于人的需要；政府则为了惩罚和控制人而存在。这种区分不是他的原创，这种想法早就在了，北美洲的人都这么想。而且北美和英国还不一样，北美这个殖民地一开始就是自治状态，他们太了解什么叫社会是人自己创造的了。西部片里就有一个人随便说自己是警长，然后就担起了警长的职责。没有什么国家，就是一个社会，这个社会到一定程度之后，他们才觉得需要一个政府。所以北美人看了之后，觉得对啊，我们就是这样过来的啊。所以它畅销，因为它说出的是常识，这个常识一直存在，只是不知道为什么缺一张口，没有人说，现在终于被说出来了。

我很欣赏的就是我刚才讲的三条路线下来的潘恩。至于他是自由主义还是共和主义，我暂时先不谈。

当然我不是写小册子，我是在写报章评论，但我运用了这样一种体裁，我想表述的方法、理念、信念跟这个一致，所以我不觉得我写的是让人们大吃一惊的东西，其实很多读者跟我反映，说我的东西其实没什么了不起。我要的就是这种感觉：没什么了不起。

当年北美只有二三百万人，分在13块土地上，信息也不发达，只有邮局，没有报纸的时候还能够如此多的写作者蜂拥在小册子这样一种文本上。而我们现在这么多的受众，有这么多的问题，有多少写作者愿意为它效力？是时代倒退了，还是写作者退步了？

你刚才说的小册子传统，其实即使那个时候也有一个勇敢的问题。因为当时主张美洲独立，虽然很多人的内心是这么想的，谁要站出来，还需要勇气。当时有一派相对温和，说我们跟英国和解。他不仅反对反独立派，还要对和解派，他与之战斗的对象不止是那些亲英分子，还有主张和解的力量。他就在这个背景下阐述为什么北美要独立。

我认为潘恩确实走出了这一步，站起并走出来了。

今天大家没有意识他对美国的贡献，乃至于“美利坚合众国”这个名字都是他发明的。但我们可别忘了他其实不是美国人，他是一个英国人，富兰克林请他去北美的。跑到美国去跟他们说你们该独立。然后他又跑到法国去，跟法国人说你们要闹革命。

他在三个国家都很出名，最后跑法国还做了国民议会议员。

对。在法国当国会议员。所以你看到他首先有地方去，他身体是自由的。让我联想起某种程度的民国时期也是这样，知识分子是有地方跑的。

第二，更妙的是其实潘恩后来回去过英国，他跟伯克在辩论的时候人在英国。我们要注意那个时候是什么时候，是他鼓励完美洲独立后，这是一个叛徒回国。所以你想象英国是什么样的。

18 世纪八十年代，一七八几年。

我觉得这一点很重要，这个勇气是有支持的。他是一个叛徒，一个鼓吹分裂的人从分裂了的地方回到首都来。他敢回去。虽然后来还是有事，但是一开始没大事。这个状态很特别。我们要考虑到当时的英国是一个什么样的国家，什么样的土壤？当时的英国虽然没有达到今天的民主程度，但是自由气氛的酝酿底下，这个东西匍匐前进，自己的一个国民公开宣布分裂国土，完了还回来待着没事，还出书和人吵假。你能想象吗？

这个传统怎么回事，应该是从文艺复兴以后就是这样。很多人，一弄就坐着马车跑到另外一个国家漫游去了，为了躲王室的……

而且还有一点，当然欧洲这种背景很复杂，欧洲对于民主问题和国家问题的宽容有很多理由，一来当时民族国家的建立还不完备，它是一个刚刚从过去的家族王朝过渡的时期。第二，英国有一个相当浓厚的言论宽容传统，这个传统我觉得跟英国当年脱离天主教会有关。而且我觉得英国自由宽容的传统也建立在当时没有绝对王权，没有人能说了算。所以这依赖于国家的权力是不是一元化的。

第二，我最近看到法国的一个精神分析学家谈法国的批判知识分子的传统。今天我们讲法国知识分子，通常会想到从佐拉开始的那一种，萨特站在汽车厂的油桶上演讲；福柯的光头被警察棍打……都是对抗政府的场面。可是我们往往忽略了一个很重要的事件，就是法国知识分子在面对纳粹德军入侵时的表现。当时，纳粹德军入侵法国的时候，这些知识分子有多少人投笔从戎呀？像年鉴学派的创始人布洛克，多英勇啊。布洛克是打过“一战”的，他是少尉。“二战”的时候他其实已 54 岁，是成名大学者，美国叫他走，他不去，他跑到里昂发传单，搞地下活动，后来被逮了。受了四个月的酷刑，拔指甲，泡冰桶，拿火烫，盖世太保最后还是要对他行刑。四个人一排站，站他旁边是一个 16 岁的小伙子，那小伙子年纪轻发抖，他问布洛克疼吗？布洛克说不疼，放心，一会就过去了。这就是这位史学大师的遗言。还有那个诺贝尔文学奖得主，法国新小说大家克劳戴尔，也是搞地下军的。这些人是抗德英雄，爱国吧？问题来了，同一批人，在世的那一批人有一大部分战后不久就加入一场运动，支持阿尔及利亚独立运动。当时很多人就指责这批人是卖国贼，说你们叛国，你们怎么能够支持殖民地独立？同一批人愿意为国捐躯，现在怎么那么叛国？

我印象最深刻的是法国古典学大师让·皮埃尔·韦尔南的一段话：当年对我们这批人来讲，要让纳粹侵入我们的国土是不可能的事情，一定要奋战到底；同样的，你要把我们这种用生命捍卫的权利从阿尔及利亚手中夺走，也是不可能的，这是统一的，一贯的。人家访问他为什么那么英勇，勇气来自于什么。他说勇气不是来自于情绪性的主体，不是个别的主体。不是跟某个国家情绪的连接，也不是来自于一种地方身份。而是一种把自我完全脱落之后进入到普遍领域（普遍律则），那个普遍律则在某一霎那时机底下的爆发就叫做英勇。

时空变了，但理念没有变，原则逻辑没有变。

今天的中国不一样，我们把爱国知识分子跟公共知识分子在某种程度上是对立起来的，觉得是两种不同的人，但刚刚那个例子他们却是同一种人。

而且爱国不能空洞的爱。当年那帮抗德的知识分子在后来仍然觉得他们是爱国的，就算他们支持阿尔及利亚独立，他们还是爱国的。为什么？因为他们相信的是：国家是有理念的。这个理念是什么，他们就回溯到法国大革命，我们这个国家怎么建立起来，自由、平等、博爱。这是理念。基于相同的理念我们对抗纳粹，基于相同的理念我们支持阿尔及利亚，这是捍卫国家尊严。

国家的建立应该有道德基础，政治也分正义与非正义，否则就走形，国家建立的基础就变成瓦解自己的毒素。不分是非地爱国，我只能说你是假的，伪的。

对，他做这些行动的时候，他在用自己的身体、语言，文章示范什么叫法国。

辩论是通向合法性的道路

与萧瀚谈美国宪法

萧瀚　浙东天台人，1969年生人。毕业于北京大学，现就职中国政法大学，主授宪政史及社会理论相关领域。著有《法槌十七声：西方名案沉思录》。

缘起 >>> >>> >>>

《美利坚合众国宪法》，是人类历史上第一部成文宪法，1787年正式通过。

除27条修正案（1992年第二十七条通过），该宪法文本主体，一直保留到今天，仍然适用。

该宪法，是作为英帝国殖民地的北美13邦，通过艰苦卓绝的斗争，独立后作出的艰难但富于创造的选择。

它是独立后的13邦代表，经过长达四个月激烈辩论，达成的治国最高原则。1787年9月17日制宪会议通过，邦联国会9月28日提交各邦批准。1888年6月21日新罕布什尔作为第九个邦通过，随即生效。罗得邦最后批准时，已是1890年年中。

从时间上可以看出，宪法的制定和批准，皆非一蹴而就。两个过程，充满曲折。但最大的特点，是辩论、辩论、辩论。通过辩论，对立的双方一点点、一步步达成底线（最低）共识。

参加制宪会议的代表，虽说只有56人，最后签署提交批准文本的代表只有39人，但批准过程参与，包括关心整个辩论、批准过程的人，绝非少数。因此说，美利坚合众国宪法，不是少数人的宪法，不是精英为大众立法，而是多数人为自己的命运，所作出的伟大抉择。

自1887年5月14日制宪会议开幕，到9月17日制宪会议通过宪法，其辩论的情形在麦迪逊的《辩论：美国制宪会议记录》，有比较完整的体现。此后批准过程，也是制宪会议辩论，在更广范围的延续，体现在《联邦党人文集》和《反联邦党人文集》（英文七卷，简体中文只有导言译本，北京大学2006）两个文献中。严格说，即便从罗得邦1790年通过算起，围绕宪法的辩论，二百多年来，一直未有停止（第一至二十七条修正案辩论、修改通过情况，参见李道揆《美国政府和美国政治》）。

腹稿本序言时，正好读到胡传胜教授为《自由的幻像：伯林思想研究》写的导言。整个导言写得极为精彩，其中的一些段落，是我此刻想表达而无力为之的，因其准确而优美，我把它整段抄录如下：

“让人类一直处于对话与讨论之中，在讨论中前行，在争论中前行——争论是人类的生存状态，因为我们实际上并没有先定的程序，所以我们必须每走一步都很谨慎，都要处于争论之中。人类属于对话；也只有属于对话，人类才能保持着人性，否则，就成了上帝或大人物规定好程序的动物，不再为人。人类是如此不可救药地属于对话，属于争论，乃至一旦这种状态不存在，人类的本性就受到巨大的质疑。”

“在所有的文化中，所有的时代，对表达的压制、对观念的压制是对人的最大的压制。……开明的社会是一个带着进步与反动、保守与落后共同前进的社会，而不是一个抛弃反动与落后的社会。法国革命前的自由主义为民主伸张权利，法国革命后的自由主义为反动伸张权利。”

用萧瀚的话说，辩论是通向合法性的道路。萧瀚把辩论的意义又提升了一个层次。换句话说，所有不通过辩论的存在，其合法性都必须受到质疑。

我们请贤人萧瀚，与大家一起重温《联邦党人文集》，回顾美国宪法制定、批准通过中，辩论所起到的作用，以及我们从中可吸取哪些教益。

刘苏里

你说要谈《联邦党人文集》（以下简称《文集》），我有些吃惊。这是一本很老的书，眼下大概也没什么人关注。

我读《文集》是比较早的事情，这些年也是手头必备书，常用。涉及到很多问题——中国的问题时，都会用到。因为里面大量的洞见很了不起。这本书里的评论文章当时在《独立日报》、《纽约邮报》上发的，都是给普通老百姓看的，这个尤其有意思。当时联邦宪法的灵魂人物麦迪逊才36岁，所以我常常很感慨，参与制订联邦宪法的55人，最后上面签名的39个，那时候他们普遍都很年轻。

这要查一下。来来往往好象有56人，陆续有人退出。

我读这些评论的时候，总是会印证到中国的政治传统，都是带着我们自己的问题去读他的书。中国人从2000年前开始，谈及政治都还是离不开孔子所谓以德治国的那套东西。搞了2000多年，我们一直没有在政治方面有特别高超的智慧。对政治组织、政体，对一个国家的结构、政府机构如何运作，对权力应该怎么限制，基本没有真正的讨论。

就是说，制度建构这块基本停留在春秋战国或秦汉了？

对。最有意思的是，古人基本从来没有想过如何限制权力的问题。

没这个需求吧？君权神授特自然。

对。但你看《文集》里最核心的几个东西，一个是分权，一个是限权，这两个是非常核心的。而且它的目标要保持三个平衡，即公民权和州权和联邦权力的平衡。联邦宪法产生的真正原因是 1776 年《邦联条款》不能解决整个邦联如何应对外来的贸易问题、军事问题、外交问题等等，这些都不能应对。因为在《邦联条款》下，运行了 10 年，邦联政府既没有钱，也没有什么权力、权威。如果没有当时的谢斯起义，邦联政府下不了决心要大家讨论修订《邦联条款》以及因此而来的制订《联邦宪法》。

回到中国历史，我想，咱们中国从制度的角度来讲，经历了三次革命（3000 年）：

第一次是周公的礼制革命，或者叫氏族性的封建制革命；

第二次是秦始皇的郡县制革命，这导致了中央集权的逐步生长和最终的完成。但是到晚明的时候，有许多人对中央集权的问题已经意识到了，第一个发难的是黄宗羲，他在《明夷待访录》里面，“原君篇”就说得特别清楚，说中国历代以来最大的问题就是“君”的问题，是皇帝的问题。这个实际上就是中央集权的问题。

第三次革命是共和革命，我把四个人的名字连在一起就是光绪、康有为、孙中山、袁世凯，简称共和革命，实际上是帝国走向共和国状态。我们近现代的全部历史包含在第三次革命中。

你看《文集》包括麦迪逊所记载的辩论中，有这样一个特点，不断提到两块：一块是英国的历史智慧，一个是希腊罗马的先例。56位代表参加的制宪会议，并非平地起惊雷的一场行动，有着强大而丰富的背景支持。不论是汉密尔顿，还是杰伊这些人都极其熟悉，熟悉到让人吃惊的程度。

你刚才说的第三次革命，严格说，到今天还远远未看到其成果，但起了一个头，确立了一些基本原则——但资源不是从我们自己的仓库里挖出来的，它们是西来的东西。孙中山那一套共和理念和原则，基本是以美国三权分立的建构为背景提出的。

当然是这样。即便是近代以来的，我们姑且把它称为“共和革命”，这个资源从西来的资源里面吸收的时候，第一非常粗糙，第二它对西方的历史、政治学史都不了解。所以孙中山使用的共和概念，一定程度上只是一个概念。他对共和背后更深刻的东西并不清楚。看《文集》就会发现，它一直在州和联邦，实际上就是大共和国，还是小共和国问题上的争论非常激烈。跟所谓的反联邦党人的争论也是非常激烈。这个东西就促成了麦迪逊在第十篇有一个关于共和国理论的新创造，他突破了一直到孟德斯鸠以来的观点：只有小国才能搞共和，大国搞不了共和。而麦迪逊力图证明恰好大国更容易实现共和。但这个结论从美国的历史里讲也未必那么可靠。我们现在如果重新读反联邦党人的一些观点的话，确实能看到反联邦党人的先见之明，看整个20世纪美国的政治史会发现，联邦的权力越来越强大，尤其是“9·11”以后特别说明了这个问题。当年亨利·帕特里克最担心的就是公民权一步步被铲除的问题，实际上在整个20世纪美国政治历史上确实有大量的证据可以证明这至少不那么危言耸听。

> 美国在解决联邦权力互相制约这个层面上，在实行同类制度的国家当中，应该算是最好的。同时，我们读托克维尔《论美国的民主》，会发现他强调美国真正的活力是在地方自治，乡镇精神。我问最近从美国回来的人，他们告诉我至今还是如此。我很想看到这样的分析文章：联邦权力不断扩张，损害了地方自治。

这一点我也跟你一样，这方面研究没有太多的接触到，但我们确确实实发现很多先知的担忧不是无故的。比如亨利·帕特里克，他是反联邦党人里担忧最深的。而且后来，包括托克维尔也有一种担心，他在《论美国的民主》里面说得非常清楚，他说可能许多人会认为联邦政府会是弱势的，不会强大，但他说实际上这是一个误解，他担心的就是联邦政府过于强大。为什么？因为它是民主政府，所以它极有可能会产生多数人暴政的问题。他在褫夺公民权和州权的过程中，蚕食的能力是非常强大的。

美国200多年的历史，据我所知，好象还没真正出现过一次多数人专政的局面。内战不属此列。

这里面可能跟美国联邦最高法院的权力不断增大有关系，这也印证了那些反联邦党人担心的：各州的宪法最后基本都没啥用了。当然这个问题没想象的那么严重，州的宪法还是有其力量的。只要案件不到联邦最高法院，联邦权力就不那么容易僭入州权。

还有一个原因。从亚里士多德提出三种政体的原型，到美国政治实践，从联邦这个层面上应该讲是三种政体（君主政体，贵族政体和民主政体）比较好的混合，加上最高法院的角色，它们还是对行政权力有效制约，同时保护了公民权。

对，这里面还有一个特别有意思的问题，尽管像你说的，这200年来美国整个联邦权力增强过程里面，它并没有使得联邦权力对州权形成过大的威胁，但是有一点就是：美国本土的文化越来越有一种趋同性。这也是当时反联邦党人所密切关注的问题。别的不说，把它跟欧洲相比，文化的丰富性美国能比得了欧洲吗？

《文集》一直没有离开过限权、分权问题，没有离开非常具体的制度安排。比如说为什么法官必须是终身制的？为什么行政官员的任期必须要可以连任，这些都有很深入的探讨，而且是非常有说服力的。就是说宏观和微观结合的政治智慧，这种讨论真的不是我们中国的传统，我们中国的关于政治问题的讨论，基本上大而化之就 OK 了，延伸到司法诸领域也一样，就像这次的邓玉娇事件，对绝大部分网民来讲，觉得邓玉娇能放出来就 OK 了。

由此引发的问题也不做延伸讨论了。我注意到你揪住不放继续撰文讨论，非常关键。在一个国家关键的制度建构过程中，是否有持续、甚至激烈的但却有效的讨论，把各种意见乃至于完全对立的意见能够呈现出来，意义重大。如果说这本书对于我们有什么样的启发和帮助的话，就是这种持续往复的辩论精神。

对。多侧面的，这跟他们法律的训练，逻辑学、法学的训练关系非常大，这个时候派上了大用场。有许多的内容，明明觉得对方提出来的一些东西不太值得去反驳，但他却花很长的一段针对这些问题去辩论。

一方面要说给赞成他们的人听，更重要地是要说服反对的人接纳他们的意见。

所以这种辩论的习惯就非常好，而咱们中国人是没有辩论习惯的。

几乎是反对辩论的。

我跟一些普通网友辩论的时候，有的人就认为你是吃饱了撑着没事干，跟他有什么好辩论的。他们不明白一个道理，有一些东西不管谁说出来，就像列宁说的，哪怕伙夫或者牵马的人说出来，只要他说的东西有道理，你也应该听从，他要没有道理，你就应该跟他辩论。但是我们中国人没有这个习惯，在大量的公共事件讨论里面，会发现一个极其有意思的现象，中国人的等级观念几乎是根深蒂固的。认为你一个小人物，有什么好跟你辩论的，常常是这样一种态度。这实际上是非常不对的。你看当时《文集》，他说针对的就是纽约州人民，要通过他们最后确认宪法的合法性。而且纽约州在整个13州里面极其重要，如果它不通过的话，有可能整个宪法就完蛋了。

当然，宪法讨论过程中，纽约邦的态度经常是模棱两可，犹豫不决，反对声音很强大。

对。我觉得这本书至少对当代中国有很多借鉴的意义，无论是方法论的，还是宏观的政治建构方面都有很高的价值，同时还涉及到很多微观的制度设计。比如联邦宪法，尽管它不是一个大家都赞成的方案，但是大家既然认为要组成一个联邦，我不同意也要牺牲这种不同意，要参与它。像这种公共精神我觉得很让人感动。

这就是共和的本意。哪有一声号令就共或和的？大家在基本问题上要取得共识，必须经过辩论、讨论、争吵，否则谈什么“和”。中国人2000年以来一直在讲，但并未掌握达致“和”的方法。

是啊，它是以一种损害弱势者利益为前提的一种和。就是说，奴隶嘛，吃饱喝足呆着就可以了，是这样一种出发点。从历史上来比较的话，我觉得辩论这样一种习惯跟商业关系非常大，像当年的古希腊，各个小岛上，这个小岛只生产棕榈，别的不生产，那这个小岛的人要活下去，就得跟别的岛上的人交易，这种贸易的交流肯定要讨价还价，讨价还价就促成了辩论的生成。但咱们中国一直是一个农业国家。我原来对魏特夫的东方专制主义不太屑于多关注，但我这段时间越来越关注。尽管魏特夫是从韦伯的《儒教与道教》里不到100字中得到启发，韦伯在那本书里就讲到，他认为中国的中央集权制的形成，可能跟中国的治水，灌溉工程有很大关系。韦伯也只是猜测，但韦伯实在太天才了，仅仅凭借一些二手的资料就想到这些问题，魏特夫就写了这本书，我是觉得这个思路很有道理，虽然他论述的具体时段已经太晚，将战国时代当作源头了，这对他整个理论表达的损害很大。你看世界各民族都有大洪水的传说，但关于治水的传说只有中国才有。我怀疑大禹治水是中国专制主义的源头，虽然历史资料太少，可能很难在学术上确切证明。

到底是由于他有了权威之后才去治水，还是像魏特夫讲的因为治水本身的需要，使得东方传统社会要走向大一统？

我觉得这两个是互动的。为什么呢？因为像我们中国总体上讲，从夏商周这三代以来的文明具有一种同质性，就是农耕。其中稍有差异的是商朝，因为商朝的祖先是契，契原来是搞文教出身的，商朝的文明具有很高的灵性色彩，所谓殷人尚鬼，可能与此有关。可能在商朝出现了文明的变异，五、六百年的一个短暂变异期。但是总体它的农耕色彩没有改变，农耕有一个特点就是自给自足的性质非常重,灌溉是其中非常重要的命根子，而治水的准军事化色彩，天然地会为了效率而实行家长制、一言堂甚至专制,同时还容易形成一种氏族性非常强的文明特性，一旦形成这种氏族性文明特性以后，会导致费孝通先生说的那种差序格局的伦理特性，其交流能力会很差，就是远近亲疏只讲血缘和尊卑地位，不讲道理。

周边也没有特别强大的文化集团，对它形成刺激和冲击。说来说去，秦以后，真正对中国文化构成冲击的，就是佛教。十、十一世纪景教进来，很快无声无息了。十六、七世纪西来的基督教，很长时间也没取得真正的成就。

你说西方的辩论的传统跟它的商业有关。除此，跟希腊城邦实行民主制，广场辩论，广场投票等有关系吧。

这个是连在一起的。我的意思是商业精神和这种民主精神本身就连在一起。因为商业具有天然的平等性，人类行为里有两个行为是天性平等：一个是商业；一个是性行为。这种平等性实际上是跟民主连在一起的。民主肯定是要有一种平等性的，所谓平等的自由，民主是要追求平等的自由。民主从程序角度来讲，它要解决个体自由和群体共同自由的冲突问题。所以民主恰恰百分之百地会跟商业连在一起，而商业同时必然跟自由连在一起。你看中国的传统文化里，我一直困惑，甚至感觉悲哀的是，关于自由的资源实在是稀薄得不能再稀薄，只有庄老的思想里面有一些消极自由的东西。儒家里面基本上没有。而自由一定会跟共和精神连在一起。

说起来有点悲观，就像我们的宿命。但我们毕竟还是在 100 年前开启了一道门缝，虽然后来又关了将近 80 年，但国人曾经沐浴过——尽管乱糟糟，也没有什么真正的成效——共和的阳光雨露。它们还是在中国人的记忆中留下了痕迹，才会有后来不断为这个记忆的实现的种种努力。

回到《文集》。第一篇，汉密尔顿提到，“人类社会是否真正能够通过深思熟虑和自由选择来建立一个良好的政府，还是他们永远注定要靠机遇和强力来决定他们的政治组织。”这两条路，欧洲后者可能更重一些，美国非常明显的是前者。

你提到《文集》第一篇里的问题，我就想，人能不能通过这样一种讨论来确立一个制度，这是非常有意思的。而且我觉得咱们中国面临着同样问题，大量公共事件的讨论，众说纷纭，到目前为止，公共问题的讨论还没有形成真正有分量的东西。所有正在发生的事件，我觉得是引发我们思考最多的东西，历史上所有有名的思想家和理论家都有一个共同特点：他们要回应当时的现实。从苏格拉底以来就是如此。

对，其实再蹩脚的思想家，我相信，他们处理的问题与当时现实的关联，是非常密切的。

没有互联网的时代，中国人对公共事件几乎没有任何讨论机会，没地方讨论。有了互联网，虽然经常看到讨论未必会有什么样的积累性的效果，但毕竟这个过程开始了，非常重要。

当时联邦党人和反联邦党人之间的争论，看起来吵得很激烈，但却有条不紊，循序渐进，有一个共识的积累过程。而这些年互联网的讨论，很多常识和原则，黑煤窑事件说过，瓮安事件又是一轮，到了邓玉娇事件又得说一遍。

我这么多年写的时评，很多都是不断重复。所谓谎言重复一千遍就会成真理，但真理你常常重复一万遍也未必成得了真理，更何况未经辩论确认的东西也难称得上真理。

但我想西方辩论的传统，恐怕也是经过长时间的实践，其中还有曲折，逐渐建立起来的。你看苏格拉底被处死，某种意义上讲，跟他思想的传播方式有关。到了中世纪，神权一统天下，不许争论。文艺复兴，内容之一就是复兴了古希腊城邦广场辩论的传统。从古希腊开始，不论是雅典还是斯巴达，都不是铁板一块。不是我们现在所了解到的或体会到的那种专制，不许发表不同意见。

是的，回到《文集》，它里面大量的理论建构恰恰是在辩论之中生发出来的，最典型的就是我刚才说的第十篇。

还有一个特别有意思的事，美国联邦宪法，文本本身非常具有辩论性。什么意思呢？它总有一个平等的假想敌在那，他不是完全的自说自话，像我们中国的宪法一样——只有居高临下的“我有权，想干嘛就干嘛！”。

还有，反联邦党人，就是不赞成宪法那一批人实际上对宪法的贡献非常巨大，不是一点点巨大。因为它的那十条《权利法案》就因为反联邦党人的反对而产生的。

而且我刚才说的美国联邦宪法本身也非常具有辩论性质，

因为它是从宪权和分权两个角度入手的，所以它大量的语言、使用的方式是使用否定式的句式。比如《权利法案》第一条：国会不得制定关于下列事项的法律。“不得”，还有宪法正文的文本里面都有很多这样的“不得干什么”之类的。比如后来的第十四条修正案：未经正当程序的审判，任何人不得被剥夺自由、财产和生命。像这种都是用否定式的句式来把行政部门或者立法部门的权力给限制了，就是限权的本身。（刘苏里：很决绝，不拖泥带水，或者含糊不清）所以它肯定具有一种辩论性，肯定得有一个假想敌。他假定有一个东西是要突破权力限制的，所以就得给限制死了。

你再来反观中国的宪法，基本上都是某某部门可以干嘛。我曾经专门比较过两个文本之间用词上的差异。太懒了，本来应该专门写一篇论文讲这个问题的。

回到《文集》。其中还有哪些资源或智慧，能提供给我们建立宪政国家以启发和帮助呢？

我们刚才说到的，无论是方法论，还是具体的宏观的政治方案，还是微观的宪政制度安排，都涉及到了。我觉得有几个东西特别值得中国未来去研究和学习。

第一，在中国这样一个960万平方公里，跟美国差不多，跟欧洲差不多大的国家，而且长期的2000多年中央集权的传统，在这样一个前提性的条件下，我们如何从原有的中央集权走向一种，无论把它叫做联邦，邦联也好，就是真正的共和。从这里面是可以吸取很多的经验的。

第二，在这样一个转型的过程里面，它的一个根基性的东西是什么？怎样使得这种转型是成功的？我觉得《文集》在这一点上比较重要的资源是共和精神的资源。

> 这种共和精神反映在《文集》中，几乎处处可以看到。
>
> 此外，我读《反联邦党人文集导言》，就是斯托林那本小册子，有一条，当时印象非常深刻，也让我震惊，就是在对立的意见中认识自己。而我们的传统，是根本不听对立意见。不听，不辩论。

辩论如果从政治哲学的角度看，里面涉及的问题还非常深刻。咱们中国从3000年前开始，甚至更早，从“汤武革命”诸如此类历史的诠释，和比如对商汤，文王，武王，和对周公的极度推崇。我在给学生讲课的过程中，曾经开过一个玩笑，就是在读这些资料，尤其读《尚书》这些资料的时候，我经常冒出一个念头，就是这些东西是不是就是当时的宣传部门干的？为什么呢？因为这些人已经统统被神化到绝对不可能有任何缺点的地步。那他就值得怀疑，因为他完全非人性化，严重的神化。我要说这是什么意思呢？就像这种不辩论的，一锤定音，完全定论的习惯由来已久，而背后更深的东西是无论是商汤，文王，武王他们统统依靠什么获得合法性的？暴力，斧头帮啊。辩论的缺失以后它导致在政治哲学意义上讲,合法性来源就没有了。它唯一的来源就是暴力，而暴力的来源是不可能讨论什么合法性的，所以他们就往往加上一个天命。

> 辩论缺失的时候，暴力的选择就变成是必然的，或者是唯一的了，而最后欺骗式赋予它神圣的外衣。荒唐而滑稽。

这种卡里斯马最初是要靠暴力威胁,暴力和天命一结合了以后,就拥有了卡里斯马，但是卡里斯马有一种递减规则，后来他就靠话语。孔子一般被认为中国历史上第一个最了不起的编辑，而我觉得可怕的也在这个地方，如果他真的是这么一个了不起的编辑的话，那基本上就是干的宣传部门的事了，因为他身在江湖，心在庙堂，是以假想的统治者自居的。

> 所谓收拾周代那些遗产，搞编辑，搞重新组合，删汰掉一些他不满意的，他反对的，最后留下一些他自己觉得好的东西。

我们再回到合法性问题上来，辩论如果继续延伸，它从政治哲学上看是可以一直通往合法性的一条通道。反过来讲，我们会发现中国人有一种基本的思维习惯,就像这次邓玉娇事件一样,绝大部分的网民、老百姓觉得邓玉娇现在能自由了,就可以了,不太注重是不是有罪判决。

也不究里面的对错之理，有罪无罪之理。

其实那个才是最重要的。在我们的传统里面，往往人们会把合法性扔掉不去讨论，因为长期的暴力鼎革模式，用的都是暴力，所以大家觉得讨论这个合法性没有意义，这个合法性就是上天给的，为什么上天能给？因为他打赢了。我们中国人对政治的理解，主要是从正当性角度理解，不会从合法性角度去理解。而在西方政治哲学体系里面首先要解决的是合法性问题，而不是正当性问题。

你今天开的这条线很有意思，就是通过辩论通向合法性。

辩论会产生这样的问题，两个人想法不一样，这里面可能有交集，可能有冲突，恰恰这个交集就是一个共和精神的来源。

请你详细说一下。

如果我们从一个人性的角度上讲，这个交集必然会发生的。比如美国联邦宪法，它后面的权利法案跟前面的宪法文本配套得很好。为这个权利法案作出贡献最大的恰恰是反联邦党人而不是联邦党人。

你的意思所谓交集，就是不同意见的交集最后会产生出——前提是通过辩论，而不是通过歼灭——一个不完全是双方的，但又是共通的东西？

基本相当于罗尔斯的重叠共识。

我们读国史，2000 多年来，没有发现这样精彩的辩论、讨论案例。

它还是在一种皇权的，绝对控制下的，最后辩论的结果还是盐铁要官营。

还是暴力在起作用。权力在辩论过程中所起作用的基础实际还是暴力。暴力原则就是歼灭，而不是从敌人一方我还能获取什么有益的资源。

这里面有一个特别重要的一点，并不是辩论肯定就不用暴力，什么意思呢？这种辩论最关键要有一个辩论平台，暴力只对破坏这个平台的人产生约束，这种暴力使用的目标是保护、维护这个辩论平台的。而中国人为什么缺乏这种辩论的习惯，你刚才说的我们 2000 年来没有什么象样的案例，这里面有一个特别重要原因，就是《论语》开创了中国人关于政治问题的基本讨论方式：纯粹的、彻底的道德主义。一旦使用道德主义讨论政治就很麻烦了。

这个你展开说一说。

包括现在也一样，一个公共事件出来以后，首先，大量的人缺乏两个认知：第一个认知是在诸如此类的问题里面有没有一个言论责任伦理的底线；第二，讨论问题的时候，常常有大量的人不知道，应该冲着这个问题本身去，而不是冲着说话的人去。

美国制宪会议过程，为了整个辩论能进行下去，所有的发言者都要对着华盛顿（主席）说话，而不是对着反对意见者说话，而且只说问题本身。

这两条在中国历史上向来就缺乏，第一不知道言论的底线在哪里，因为都是道德主义，还管什么底线；第二，恰恰因为是道德主义，才导致辩论的时候没有任何道德。一个人说了话之后，第二个人接上来把你骂一顿，只要说这个人是个坏蛋，你说什么都是作废的。它又导致反向的另外一种效果，就是没有言论底线的时候，讨论的平台是不存在的，什么话都可以讲，讲完了以后，有许多人出于所谓的中庸、宽厚的立场，会有一种纵容，就是说：人家只是说话嘛，你何必跟他过不去呢。所以这两种东西都存在。

还有辩论技术、技巧我们也缺乏，历史上没有任何资源可以挖掘。中国人其实也并不真的会吵架。

就是不会吵架。你看联邦制宪会议里面都是大量的律师和法律人在吵架。所以我就说一个是政治中心主义，一个是道德中心主义，这两个真是害死人，恰恰是道德中心主义的地方是没有真正道德的。

那从《文集》当中能不能开出什么资源破这个魔咒？

你刚才说，辩论的时候并不对着对方，而向主席鞠躬，然后向主席说话。

简单到就这么一个仪式可以解决问题吗？

当然要从思维上改变。

我们在借鉴像《文集》这样的去创造一种共和精神也好，建立一个共和国也好，实际上这里面还是离不开一个最基本、根本的东西：每个人人权和公民权利，人的自由，对咱们来讲还是新的东西。

这个话题谈了起码有100多年了，恐怕还是一个全新的东西。自由精神实际上是起始条件。

辩论需要有一个最基本的人格平等性，知识平等性——只有自由精神才能给出这样的东西来。

> 就是不管怎么样，起码在理念上大家是互相认同我们之间是平等的。缺少这个共识，辩论是不成立的。我们做一个小结。要培养我们辩论的习惯。良好的辩论精神，是通向共和必不可少的。那我们如何才能补上这一课？

我觉得在当下中国现实情况下，有一个很重要的一点要善用互联网，习惯辩论。这几年我觉得这一方面还是挺有效果的，尽管它还是一个起步阶段。

美利坚的政治基础

与于向东谈《论美国的民主》

于向东　1961 年生于新疆，毕业于重庆建工学院。曾任职乌鲁木齐市委党校、新疆自治区党委政研室。1992 年出疆，任职深圳某大型国企。现寓居沪上，任职上海某研究院副院长。2003 — 2007 年，发表《两个局外人的对话》（1 — 14），影响甚广。

缘起 >>> >>> >>>

法国人托克维尔不愿深陷 1830 年革命后的政争，借口考察狱政，与朋友跑到美国。

其实，此趟美国之旅，托氏是早有预谋。这不仅来自家族有人在美任使节，与美国人做生意，等等美情了解，更重要的，在我看来，来自托氏的某种直觉。他出身贵族，受过良好教育，年轻入仕，对法兰西乃至欧洲政情多有体会，法国革命对他来说，简直就是一步死棋——旧制度被打碎，看似建立起来的新制度不伦不类，旧制度随时可能是似而非地死灰复燃，法兰西歧路彷徨。他直觉年轻的美国，有可能提供救法兰西于水火的药方，至少是某种现实的启发。

托氏与朋友1831年抵达美国，次年提前回国。那时他二十五六岁，年轻、抱负、有责任心，跟当时的美情所差无几。两颗年轻的心脏碰到一起，改变了托氏的人生轨迹，也给人类留下一部探视美利坚早年民情、政情无以伦比的记录。如果问起人类有文字记载的历史，哪一次旅行产生的影响最大，恐怕非托氏美国之旅莫属。这次旅行，诞生了《论美国的民主》（或《民主在美国》更恰当）这部经久不衰的经典，今次谈的，正是这部经典作品。

《论》上卷，出版于1835年，至今整整174年。此时，去美国独立战争爆发59年，去美国制宪会议44年，离美国内战33年，正是美国从幼年向少年大踏步迈进的时代。用于向东的说法，托氏看到的，几乎是一个“裸体的”美国。这意味着，呈现在托氏面前的，是少有修饰的美国，是原初政治形态大部未被遮蔽的美国，是地方事务远远胜于联邦事务的美国，换句话说，是起步时代的美国，是生机勃发于野的美国。这“野”，可作原野之野解读，亦可读作乡野之野。其重要而永远不可重复的意义在于，这“野”，人类文明史以来可近距离观察其肌理的，只此一例。记录这“野”的浩瀚文献中，最用心、完整、精详、准确的，托氏《论美国的民主》，亦只此一例。

托氏把他观察到的“野”，精到地概括为乡镇生活、乡镇精神和乡镇政治。即使有了托氏的概括，174年以来，仍鲜见人们从此处出发，着眼研究、分析美国，或有，亦鲜见有人指出，乡镇生活、乡镇精神和乡镇政治，其实就是美国当代生活、精神、政治的原型，换句话说，美国当代生活、精神和政治，就是扩大升级版的乡镇生活、精神和政治。它们内在逻辑之严密，遗传密码之隐蔽，外表与内核之坚固与脆弱，深入进去，着实让人叹为观止。原来，政治结构之美，可美轮美奂至此，政治结构效能之用，可无所不用其极。当我们剥开附着在美国当代政治层层盔甲时，我们终于发现了美国力量之所在。尤其需要强调的，"美国力量之所在"，是所有政治共同体所曾有的，包括我们中国。或我们干脆把话挑明讲，美国力量之所在，正是造物主赋予人类的力量之所在。只要愿意，每一个曾经辉煌过的文明体，都可以寻着美国力量之所在，找回属于自己之所在的那股力量之源。笼统说美国是或不是包括中国在内政治共同体的发展方向，毫无意义，但内涵于美国政治的乡镇生活、精神和政治，它所体现的价值，一定为包括中国在内人类所有共同体所共有，并为包括中国在内人类所有共同体，基于本共同体利益、着眼人类大利益设计未来，提供参照，开辟道路。

所有这一切，都源于如何解读《论》第四、五章，尤其是商务版该书第66、67两页所载内容。今天，我们请到于先生，与我们一起重温托氏的《论美国的民主》，回到托氏美国时代并从那里出发，回观今天美国政治的本质。

政治的基础或德性政治的起源这一话题，我们俩讨论半年多，今天可以借托克维尔《论美国的民主》，作一小结了。这部书你不是第一次读吧？

我大概是在95前后第一次读《论美国的民主》，同时还读了好几本关于美国政治的书籍。当时美国政治对我而言，就是总统、国会、最高法院这些联邦机构及其运转，所以这本书，我比较喜欢看后半部分。看的时候觉得蛮有意思，看完就忘了。后来很多人不断提到这本书，确实不知道它好在哪。印象中翻译得非常流畅，读起来很快。

书是我上研究生那年出版的(1983)，专业必读书。但说实话，当初没好好读。后来陆续读了几遍，也不是很得要领。托克维尔强调的部分，我们已经很熟悉了，而最重要的部分，却当成故事，不知所以然。

这次重读此书，才感觉到它的份量，跟上次读的感觉不一样。有这样几点：

第一，过去喜欢看的那些部分已成常识。我们现在了解的美国，比托克维尔1831看到的美国，要丰富得多。以前不重视的那些内容，特别是第四、五、七、八章，却感觉是托克维尔最深刻最丰富的地方。

第二点，注意到了当初忽略的一点，就是比之今天，1831年的美国，是一个原生态的美国，一个裸体的美国，你可以直接看到这国家的本质。1830年代，美国还只是一个由具体细碎的地方事务构成的社会，联邦事务很少，也不重要。现在的美国，联邦事务已经压倒地方事务，前者遮蔽了后者。今天看美国的关键，就是我曾讲过的，如何透过联邦事务直奔地方事务这一核心。

第三点，托氏时时拿美国与法兰西对比。那时欧洲处于动荡时期，在二次革命之间，法兰西依然是欧洲的中心，对于托克维尔这样的政治贵族而言，只有法兰西事务、欧洲事务，几乎看不到地方事务。这就是为什么当他在美国看到一个完全不同的、平面展开的、而不是堆垒起来的政治聚合体时，大为惊异的原因。

第四点，我注意到他像其他法国人一样喜欢用“人民”这两个字，而这正是托克维尔观察美国最大的失察所在。他根本不知道，或没意识到，他看到的那个所谓美国人民，与他在巴黎看到的法兰西人民，是完全不同的两件事物。美国的“人民”与他描述的那个美国乡镇生活相有关，离开了乡镇生活、乡镇政治和乡镇精神这三个层面，美国“人民”是没有的。而他在巴黎街头和广场看到的“人民”，与乡镇没有关系，只与那个伟大的法兰西精神有关。这两者有本质区别，但他却把这两个东西完全等量齐观，然后去比较两者间的异同，这导致了他一系列的错误观察。

但有意思的是，托克维尔年仅25岁，似乎没有框框，当他不是去比较美国与法国的区别，而是直接谈美国时，一下子就抓住了自由、民主的本质。他说得非常清楚，但用的是当时的语言，如果不特别点破，其精要未必会被今天读这本书的人所理解。

比如，如果不从物理空间意义上，和日常生活中的邻里关系去思考的话，你就理解不了托克维尔讲的乡镇生活，乡镇政治，乡镇精神。如果没有这个东西，托克维尔这本书不过是一个包含了政治概况介绍的加强版游记而已。

我们顺着托克维尔的思路，先回到1831年的美国，以及美国和欧洲的对比。托克维尔书当中多次强调，美国建立联邦在邦之后，邦在县之后，县在乡镇之后。你说的没错，托克维尔看到的美国是一个裸体的美国，我把它称为发育当中的美国，还不是青年，是少年，甚至在襁褓中的美国。他和他的朋友是从新英格兰地区向南部走，而新英格兰地区，最典型反映了美国政治中乡镇这一个环节的重要意义。美国政治，它的原初状态给邦政治，乃至联邦政治带来了活力和动力。这是一个。

第二，你刚才提到他眼中的法国、欧洲，他只看到了巴黎的人民和政治。我倒是感觉，托克维尔去美国之前，不是没看到过欧洲的乡镇和地方自治是怎么回事。而是视而不见，没有感觉。德国的韦伯，1864年出生，比较典型，家族在农村就有大面积土地。

托克维尔也一样，他们家也有领地。

对。只是欧洲的政治早远离了他在美国看到的政治的原初型态。

这点非常重要。就是欧洲现代性兴起、民族国家的建立过程，同时也是地方事务与国家事务—国际事务逐步分离、疏离过程。到托克维尔的1830年代，地方事务基本上是一个乡村邮差谈论的事，上不了台面的。

我感觉他不是简单不好意思，他眼里甚至已经没有这件事了。

我们中国人大多数时间也是这样的。

上世纪80到90年，你可以看到有些学者的研究，说，民国时期传统社会下沉，原先士绅社会被打乱了。托克维尔说的这些东西，我相信在1911年之前，如果你在中国走一遍的话，或许也可以看到。

中国过去讲究皇权不下县，讲究所谓的乡村自治，但是我们这个乡村自治跟托克维尔看到的美国乡镇生活和乡镇政治，有一个重大区别。在中国，乡村自治有一个基点，有一个大家经常提到的“士绅”阶层。士绅在中国是拿着大尺子的人，他们往往因为所接受的政治教育，以及做官的经历，使得他们始终拿着朝廷和天下这把尺子回到一个小小的物理空间（乡村）。他整天拿这个东西给人看，因此才有所谓“天下兴亡，匹夫有责”一说。这确实是一种自治，但这种自治，除了依照村民的想法治理外，它还依靠士绅提供的更加重要的治理标准：朝廷、天下社稷的意见。而美国乡村政治，始终只有一个基于乡村物理空间的小尺子。美国的政治发育过程，就是拿着这把小尺子先到州，再到华盛顿量你的大问题。换言之，所有的大问题，不管是州还是联邦层面的，你化约不成一系列我小尺子可以测量的物件，那对不起，你这件物件是不可能在立法机构获得支持的。中国的乡村自治在很大程度上被“士绅”干扰了，士绅是导致中国乡村自治始终不能生发出政治性的重要原因。就拿梁漱溟乡村实验说吧。在梁的实验区，他无非是把自己打扮成一个超级士绅，回到乡村，他在乡村搞技术培训、识字、讲卫生，这个很重要，但他诉诸的仍然是国家兴亡的标准，实验区并不是他的家乡。这不是我们所说的政治哲学意义上的社区自治，很大程度，它依然是一个国家建设，而不是地方建设。前人少有注意，士绅使得地方事务去地方化，赋予它国家建设的意义，因此中国没有真正意义上的乡村自治这一实质性现象。如果说在欧洲地方事务和国家事务是分离，在中国则是国家事务最终不仅遮蔽了地方事务，还解构了地方事务。

你的这个观察非常独特！我们由此看到了三种自治政治形态：美国的、欧洲的和中国的，我们看上去是皇权不下县，实质上却是处处有皇权。

对，皇权无处不在，只有皇权这一把尺子起作用，别的尺子都不作数。而在欧洲，它是小尺子向上走到一定程度下走不上了，又回去，自己量自己。在美国小尺子一直向上走，但始终是一个不变的尺子，它是绝对意义上的尺子——乡镇生活。

美国诞生那一刻，也就是1620年"五月花号"登陆北美大陆，你说的"小尺子"就已被标上刻度了，直到1787年制宪会议，这刻度始终没变，所以才会有制宪会议上，联邦派与邦权派激烈的交锋。幸好，我们看到的宪法文本，在实现十三邦联合成一个统一国家、建立联邦政府的同时，予以各邦管理自己事务极大的权力。托克维尔1831、32年在美国考察时，他很少看到联邦事务，因为联邦弱而小，尽管联邦外表呈现的是团结和荣光的气象。今天我们依然可以看到，和人民关系最密切事务的处理权，还是在各邦。二战以来，随着联邦政府介入国际事务愈来愈多，其权力才随之扩大。

我的问题是，尽管美国联邦的重要性在增加，中央政府的权力在扩张，但支撑整个美国力量的，恐怕还是原来（最早）确立的那个权力结构吧？

托克维尔的书让我们看1831年的美国正是这样的结构，但他并没有你这样的问题意识。托克维尔看到的乡镇生活和州之间的关系，是服从和反映的问题。他看到一个双层结构，就是州事务与乡镇事务之间的关系，具有内在一致性，可惜托克维尔没有做清楚地描述。我把这种内在一致的乡镇事务和州事务的整体称为地方事务。1831年的时候，它是成熟的、发育完整的。

其实地方事务的治理及其准则，1831年之前就已经发育成熟了。

对，美国立国时最重要的是保住了这一条。当地方事务与美国国家事务形成一个整体的时候，就是这个“小尺子”到华盛顿也成了标准的时候，美国作为一个国家才真正出现了。我一再讲到雅法《分裂之家危机》这本书所反映的林肯关于蓄奴问题与道格拉斯的争论，以及随后的内战，此后，美国才产生了真正意义上的，持续、稳定的联邦事务。在此之前，国家事务只是偶然的对外贸易纷争和战争而已，绝大多数时间是没有所谓联邦事务和国家事务的。在这之后，有国家事务了，但它依然内在地蕴含于地方事务当中，道格拉斯和林肯那场伟大辩论说得恰好就是这个问题。简而言之，对伊利诺斯州一个小镇子来讲，离它几百英里之外的南方的某个地方，有人蓄奴这件事怎么就影响了我的乡镇生活？损害了我的乡镇精神？包括《自由的新生》，雅法两部书讨论的就是这个问题。通过内战，这个过程美国人彻底完成了，就是把国家事务与地方事务合一了。当代美国联邦事务似乎遮蔽住了地方事务，但对一个细致的分析者，对一个局中人而言，不存在遮蔽这件事，他们原本就是一致的。

> 精辟！你看啊，这一点还有另外的制度保障，比如美国国会两院议员的遴选，还是各邦直选。即使到了联邦参众两院，议员们考虑问题的出发点和落脚点，还是在地邦的视野和尺寸。许多人以为联邦两院议员目光短浅，你可以这样嘲笑他们，但正是这一点，保证了美国政治治理及其外交事务内在逻辑的延续。

托克维尔也特别注意到了，在州一级，和在联邦一级，都有一个参议院和众议院，而众议员任期一定是短的，到了州是一年任期。因为地方事务多变，只有短任期，众议员的意见表达才能与我的社区生活完全等同，或接近等同。他特意讲到美国整体政治的稳定性，与美国乡镇生活所表达的州这一级政治极不稳定性的同时并存现象。但他没有像我们今天一样透彻说出这个极不稳定性的价值何在，甚至将它视为某种缺点。他没有注意到，这个东西（不稳定性）是非常厉害的。

他有一个很好的观察，就是让我们理解了县。托氏区分了政府集权与行政集权。他一再讲县是没有政治生活的。简而言之，县就是执行来自下面“乡镇”、上面“州”交给的各种各样的行政事务，因此县并没有一个统领。他一再强调美国的这个层面与英国普通法，以及英国贵族政治的遗迹有关。

这样，我们就理解了县在美国的意义。我在前些年接触过洛杉矶县长，我再三问他你这个县究竟是怎么回事，他也解释不了。

> 常能看到网上的图片，美国的一个县衙，小小的一栋房子，至今如此，它不像是一级五脏俱全的政府，花费也极小，“县长”像个巡视员。

这个“县长”被翻译成县长都是不对的，他不是中国那种意义上的县长。托氏举了好几个例子讲县的功能。我看大的作用就是避免了行政集权，没有行政集权，政府再集权绝对不会走向专制。在他看来，这两个集权合一的时候，所有坏东西就来了。

> 美国还有另外一套制度，以保障各邦无法获得行政集权，就是民选总统可以将有些关系重大的事务，越过各邦政府，直接付诸选民表决。

但是在1831年的美国，这个体制的这种功能几乎处于休眠状态。这一点在什么时候特别明显？就是约翰逊总统在位的时候，有一次，他把军队派到亚拉巴马州，声称自己是直选总统，要跟人民直接对话。

我们再回到你最的第二、三个问题，就是这样一个状态今天看来会给我们哪些启示、启发？

托克维尔这本书的优点和缺点几乎都集中在这一点上，就是当我们谈论人的政治生活，谈论一个区域政治生活的时候，有几个词很快就冒出来，主权，自由平等，个人自由，人民主权，等等。

而托克维尔一下看到赤裸的美国，一个跟法兰西完全不同的美国。在法兰西，唱着马赛曲、在沙龙里高谈阔论的贵族们已经用法兰西事务厚厚地包裹住原本的乡镇生活。他注意到了这一点，但没说清楚。我愿意在他基础上做一清晰表达。我直接诉诸人们日常生活中的、直觉的感觉和判断：对一个人来讲，一个特定的、可覆盖大部分日常生活的物理空间，这件事要远远大过我们今天所熟悉的协会、共同体、关系网、人脉等等，也比这些东西重要得多。当日常生活在一个具体的物理空间展开的时候，这个展开的状态是所有政治生活的起点和归宿点。人类关于自己的所有权利、自由和选择，都是基于这个空间开始的，我把它叫做初民社区，为了讨论托克维尔这本书，我愿意用他的说法改叫“乡镇”。当托克维尔谈论乡镇生活的时候，他直接给出了关于乡镇生活的物理尺度，一般来讲两、三千人，方圆多少里，这些指标界定了一个物理空间，在这个实体下，人们的生活才是我们讨论的第一个政治实体，只有回到这样一个空间的时候，我们才能真正想象古典时代祖先们的政治生活。也只有在这个意义上，我们才能理解托克维尔所说的乡镇生活。这是一点。

另一点，这一个空间下的生活有一个特点：它是熟人社会！成员们相互了解，从而产生一系列基于相互信靠的关系结构。这个关系结构，始终都讲究可预期性。比如某甲的一个行动，他知道其他成员对此做何反应，其他成员也了解某甲何以如此，认可该行动应有的回报，其可预期性构成了我所说的人类道德生活的本质。换言之，一个可以相互信靠的关系网络是我们今天德性生活的基础和容器。基于这样一种生活所构建的政治，我们把它称之为“美德政治”，又称之为“社区政治”，托克维尔称作“乡镇政治”。在这样一个相互信靠过程中，每个人都会将自己的利益化约为对方可以信靠的利益，而这样一个可以被化约的利益整体就是我所说的“社区利益”或者“乡镇利益”，也是我说的小尺子，一个绝对意义上的尺子，它在本质上不受质疑。

所有事务，参与者都能看得见，摸得着，感知得到。

对，它不是外在的，而是内在于我们相互关系中。

托克维尔的讲法翻译成……

就是直接民主，但这个直接民主并非投票实现的，因为大家是熟人，无须投票，一个乡镇的生活就这样被建立起来了，而对这种乡镇生活内在的热爱，就构成了乡镇精神。乡镇生活，乡镇政治和乡镇精神三者构成乡镇事务，它是本体的，自在的，绝对的。任何外人对它发表的任何评价都不会，也不能影响这个乡镇事务本身。这样的乡镇生活，是我政治哲学思考的起点，也是托克维尔观察美国的一个起点。他看到了美国乡镇生活正稳步上升为州的事务，看到了美国最大的立法实践，将乡镇生活呈现为一个州的立法实践的过程，他不惜笔墨，在他的脚注中举了大量小例子，来说明州事务最后怎么回到了乡镇。这就是我们前面讲的小尺子、大尺子问题；就是一个物件它必须被化约为一系列的小物件，以便被小尺子测量，也就是被乡镇生活测量。

这恐怕也是人们感受到的，美国政治保守性的根源。即使到今天，我们依然可感觉到，这一保守性时不时就发挥作用。

对，乡镇事务让你变得审慎和保守，再宏大的事务必须被化约成乡镇事务，使得某些精英人物的空谈没立足之地。而这样的空谈在欧洲为害甚深。

这样的事例太多了！但在美国,至多是野心家们的企图。

对，企图心而已，但得逞不了。在这一点，托克维尔有时说“糊涂话”。他经常使用“人民”、“自由”、“民主”这些词，有意无意使人们联想法国大革命与他看到的美国革命和美国事务之间的关联，他试图暗示，美国人民很好地实践了法国大革命的原则。这完完全全是错误的！到今天人们还在说，美国革命和法国革命是一体两面，根本不是，完全不是。美国革命的根源，就是美国乡镇精神与欧洲事务之间的冲突。当美国乡镇精神可以不受欧洲传统制约，直接呈现为大范围、超越乡镇空间的政治事务的时候，美国革命的目标才算完成了。美国政治史，其实就是乡镇事务层层上升而又保持其原来尺度和原则的历史。这跟法国大革命彻底斩断欧洲乡镇生活与欧洲事务之间的内在联系完全不同。

对，同时也彻底斩断了与原来生活状态的联系。1830到1848年革命过程中，整个欧洲人，包括法兰西人的痛苦，大多来源于此——旧的不好，打碎它，新的建立不起来，匆忙建立起来的这个东西，怎么看怎么有问题。

这时法国人怎么办？只能来来回回地晃荡，因为他的尺子都是相对的，没有绝对的尺子。

所以只能再搞一次更大的革命，不断革命……

美国不需要。这正是美国政治真正的优势所在。很多读者注意到托克维尔对乡镇的强调，但很难理解那个具体的、可以包容你绝大多数日常生活内容的那个物理意义上的乡镇空间，对一个人的政治生活有多么重要。

美国的乡镇精神，乡镇政治以梯级形式向上跃升的时候，到联邦这一级，依然保留了它的基本特点。

我甚至可以这样假设：如果美国联邦事务不去反映乡镇精神，它根本就不可能成立，从而就不存在一个我们今天所看到的美国联邦。我上次在包头重新解读过《第一滴血》。该片反映好莱坞精英分子，自由派知识分子的观点，但恰好提供了一个合适的反例。很多看这部电影的人都在指责那个胖治安法官，但是恰好在这个问题上，这个人才是真正的、我们人的政治生活的价值所在。托克维尔 1831 年指出的，乡镇生活是美国一切政治生活的基础，但它也是脆弱的，必须细加维护，在此片中得到了印证。

由此回头看，制宪会议上，联邦党人，和反联邦党人的争论变得非常有意思。联邦党人经常指责代表邦权这批人，目光短浅，心胸狭窄。回到当时历史情境，你发现，State，我们翻译成"州"的，其实应译成"邦"。联邦，联邦，"联"的是"邦"。13个英国殖民地，联合起来造宗主国的反，它们称自己为State，把它们完全看成具有主权意义上的国家，多少有些夸张，但事实上第一，它们拥有主权，有自己的宪法，第二，对State事务保持全部的自主权。反联邦党人生怕联邦的组成、以及带有君主性质总统的选出，会伤害他们的地方事务。隔着巨大的时空来感受反联邦党人的意见，我猜测，他们实际上意识到了你说的那个乡镇生活，乡镇政治的"脆弱性"。

关于这一段，托克维尔在《论》的第66、67页中做了我认为全书最最精彩的叙述。其中有几段，我得念念："只要乡镇自由还未成为民情，它就易于被摧毁；但只要它被长期写入法律之后，就能成为民情的一部分。""乡镇是自由人民的力量所在。""在欧洲大陆的所有国家中，可以说知道乡镇自由的国家连一个也没有。""乡镇组织将自由带给人民，教导人民安享自由和学会让自由为他们服务。"后面这段是全书的精髓："在没有乡镇组织的条件下，一个国家虽然可以建立一个自由的政府，但是它没有自由的精神。片刻的激情，暂时的利益或偶然的机会可以创造出独立的外表，但潜伏于社会机体内部的专制也迟早会重新冒出于表面。"我想但愿每个研究政治哲学的人记住这句话！

全书把这段看了，理解了，其它就不用再读了。

我也特别注意到这一段。我很早意识到美国的强大，不独人们看到的外表那些东西，如果是那样的话，它一夜之间也可以崩溃掉。

美国就根本不会存在，早在内战中就分裂成一大堆北美小国家了。从一开始起，坚持州权的人为什么如此坚定？不是他们意识到乡镇的意义，而是本能地感觉到乡镇对他们内在的约束——乡镇自由精神融化在他们血液中。打个比方，跟鬼子抢收粮食，我们需要先阐述小麦和我们生命的关系吗？乡镇这事是不容讨论的。美国最大成功之处，在于一开始就将这一条写入了法律中了。

谈到这里，我们才能深刻理解和感知，在美国，法律乃至于超过了宗教权威。

为什么美国人对法律的信念牢不可破？因为法律反映了我的生命本质，它是美国人最熟悉的语言，大老粗也听得懂。

是每人的生活常识。

对，很简单。是生命的组成部分，生命存在的体现。

所以改变法律就像拿走他们粮食一样。美国人跟你拼命的时候，恰好是他依据法律原则，捍卫自己权利的时候。

我们的对话，不是有那小题词吗？就把这句话：在没有乡镇组织的条件下，一个国家虽然可以建立一个自由的政府，但它却没有自由的精神，放在题头。

这句话是关于人民自由最深刻的观察。我觉得托克维尔写得极棒，全部这本书有价值的部分其实就在这句话中。

如果问题意识没有到位的话，你只觉得这句话讲得精彩而已。

所以这里面特别重要的是，本能和内在的精神，先于所谓的意识和阐述。当年制宪会议上，坚持州权的人是本能、内在地反映这个东西。而美国到今天为止也一样。约翰逊一再给青年政客讲的，在华盛顿，一切事务都是地方的，就是这个意思。

当初读麦迪逊《辩论》时，也有一些不理解的地方。制宪会议辩论到最激烈的议题，关于邦权维护，无法达成妥协，大家都急了，甚至说出这样的话：那就让剑与火说话吧！联邦党人有“国际”视野，懂得欧洲，以汉密尔顿为代表（他们深受法国人影响），深知欧洲那帮坏人能干出什么妖蛾子事，害怕新生的美国各自为政的话，根本对付不了欧洲老牌帝国的觊觎。他们很想加强联邦政府的力量，而捍卫州权的人才不管你什么欧洲不欧洲的。

所以托克维尔注意到了，片刻的激情、暂时的利益或偶然的机会可以创造出独立的外表，但潜伏于社会机体内部的专制也迟早会重新冒出表面。

我相信争论的双方当年都没意识到这一点，但托克维尔1831年看清了，托克维尔看到法国大革命带来的一堆后患。

他正是看到1830年革命的后果，不愿深陷其中，找个借口去了北美。

他是带着问题意识去的，在这个意义上，又可以讲乡村政治和乡村精神是强固有力的。当乡村精神变成州权派生命本质诉求的时候，他们会变得坚强有力，抵抗住了联邦党人的围攻。

再回到刚才那两个概念，乡镇政治或者乡镇生活的脆弱或强固。我觉得，这是两件事。为什么呢？它同时脆弱，但也是坚固的。谈到“脆弱”，比如你刚才讲的《第一滴血》的故事，那个小乡镇最后不就是被炸得稀巴烂吗？同时我相信斯托林那本书中提到不止一个人，反联邦党人，他们也了解欧洲，知道欧洲王权，对于摸得着的小规模、小尺寸的乡镇政治体可能造成的侵害，所以才不遗余力地捍卫地方权力和地方生活样式。这是一个方面。

另一方面，你可以看到，美国每当遇到重大事务的时候，特别是遇到重大国际事务的时候，首先表现它保守的一面。

对，凡基于乡镇事务，地方事务的，就一定是保守的，此前谈美德政治时就讲过这一点。

在处理重大事务过程中，一旦民众达成多数共识，常常又是所向披靡，体现了这种政治，它极其坚固的一面。

对，因为它的力量彻底发挥出来了，所谓吃奶的劲全使出来了。

“吃奶的劲”，就是来自乡镇精神的劲儿，来自张三，李四，王五，赵六那些恨不得斗大的字不识一升的胖警察，或者那些平时只知道傻玩的超级大男孩。这时才叫保卫家乡呢。真打起仗来，你以为他们的劲头来自所谓教育中捍卫自由、民主的教条，其实不然。是因为他们坚定地认为，远在天边的某些坏人正在破坏他那个只有四千、两万人的小镇生活。

一个是乡镇生活怎么转化为州的政治事务。这是托克维尔观察的东西，1831年的时候，这件事情完成了；第二，它怎么转化为国家事务，也就是国家事务怎么能够化约到可以被乡镇尺子测量，这是林肯进行的，在内战之后完成的；9·11之后是第三次，就是国际事务或世界事务，最后怎么能够化约到生活在镇子的人能够用他的小尺子加以测量。这是乡村精神的三次跃迁过程。这就是我所讲的国际政治理论。刚才你提到战争问题。一些战争是可以打败的，也甚至可以是错误的，都没有问题。但是这个战争不在于结果是赢了还是输了，而是它何以能够进行？它何以发生了,何以持续下去？如果按照我们的想法，人家讲民主，人民都反对那还打什么？不对，人民是支持的。

> 甚至到今天为止，多数美国人还是支持伊拉克战争，否则早撤了。

为什么人民支持？这个战争与乡镇生活有什么关系呀？美国的现代政治，就是把这个关系建立起来了。因此它可以接受一场败战，没问题，不是说人民的选择就是对，就是正确的，这是两回事，因为它是绝对的。我一再强调乡村政治的绝对性，不存在错、对问题，它可以承认输了还是赢了，打得好还是糟糕，但是没有对、错问题。因为它是自在的，是绝对的。你用外界的东西衡量没有意义。正如同我们也不愿意外界的人衡量我们中国人的生活一样，究竟中国人喜欢画山水画好还是不好，这个事不用问，这对我们而言是绝对的。对美国来讲，这个问题也是如此。由此而生成的这套制度，我认为不宜用“民主”这个词来形容。

对，这个词有些问题，特别是用在美国。

因为事实上，这一套过程跟民主没有直接的关系，民主在这个过程中起到了相当大的作用，但不是它的精神实质，它的精神实质还是它的乡镇生活。换句话说，真正意义上的美国人民的生活是美国所有事务的本质所在，而这个人民是不带引号的人民。西奈山下的“以色列人”，巴黎街头的“群众”都是带引号的人民，因为那个没有日常生活，那都是片刻的激情，偶然的机遇，暂时的利益动员起来的，这不是真正意义上的人民。真正意义上的人民是我们说的在那个乡镇生活中，活灵活现生活着的人，他们才构成了人民。这是美国这套制度的根本。在这个意义上，说用“法权结构”概括现代政治，我接受，但是这个词太复杂太专业了，我也没想出一个好词。我宁愿讲我们是在讨论美国人民的政治生活，可能更加合适。托克维尔这本书名也应当翻译成这个名字才对。

托克维尔不是担心民主导“多数人暴政”吗？法国大革命，就是多数人暴政，这时候托克维尔去看待美国的时候，他用两章处理这个问题，但是通篇写得含含混混，词不达意，一个重要原因就是他没有意识到在美国这种人民的条件下，你法国人害怕的那种的多数人暴政，拿小尺子一量，你的贼脸就出来了。这个东西是托克维尔没有注意的，只要你能保持这个东西，人间神是根本没有地方的施展，绝对蛊惑不了美国，美国是每日每时用小尺子对所有政策，进行检测，测量和修正。麦卡锡搞极右主义，搞不成，社会主义者搞极左也不成。因此美国是稳步前进着的，它绝对不会走错。因为对它来讲，错和对这件事是不存在的，它只有一个绝对性，这个自在体不断兑现自身的绝对性，这就是乡镇生活的意义，也就是美国人民的政治生活的本质。这正是美国民主体制背后真正的价值和力量所在。

我得为你这番谈话鼓掌！

德意志的费希特：激情与迷途

与高全喜谈费希特

高全喜　1962年10月生于江苏省徐州市，现为北京航空航天大学人文与社会科学高等研究院院长、法学院教授、博士生导师。著有《理心之间——朱熹和陆九渊的理学》《法律秩序与自由正义——哈耶克的法律与宪政思想》《休谟的政治哲学》《论相互承认的法权——精神现象学研究两篇》《何种政治？谁之现代性？》《立宪时刻：论〈清帝逊位诏书〉》等书。

缘起 >>> >>> >>>

此次对话，话题是十八世纪末十九世纪初德国思想界巨子费希特。其著作中文版的数量与其名声，颇不相称。他在中国大陆的名声，与其巨大的国际影响力，更是差强人意。

费希特，出身贫寒，但天赋超人，有幸获得私人资助，才读得起书。这个起点，于他后来的言行轨迹，或留下烙印。或正因此，成就了他的名声和事业。费希特少年得志，激情四溢，脑力过人，不乏勇气，可一生坎坷——个人生活还在其次，是他个体秉性与所临时代，造成他悲剧性命运。费希特的悲剧，像是近代德意志求变历程的缩影。但作为思想家的费希特，以及他的生命，亦如他的祖国，伟大而绚烂。

1807 年底，面对法国拿破仑大军的入侵，费希特毅然决定公开发表演讲，以期唤起德意志人的自我意识、对本民族光辉传统的信心，试图描绘出德意志重新振作的蓝图。该演讲名为《对德意志民族的演讲》，前后持续近四个月。占领军曾在他演讲屋外，列队击鼓示警，但这吓不倒费希特。

国难当头，救国心切，舍身取义，文思泉涌，一口气十四讲，轰动德意志。这一特殊环境、特殊心境下的作品，自此流播于世，二百年来，被世界各国传诵，成了费希特最著名的文字。

费希特以其无懈可击的行为，证明了在关键时刻，思想家的伟大和厉害。本期对话者感慨，什么时候，我们的思想家也能挺身而出，搞一个《对中华民族的演讲》就好了。于此，我心有戚戚焉。

让我们与高全喜教授，重温 200 年前这一永载史册的文字吧。

刘苏里

全喜兄，很有意思，19世纪初上下，德意志连续产生了一大批思想、文学巨人，像康德、黑格尔、李斯特、海涅等人，都受到国人很多关注，尤其康德和黑格尔。从我现在对费希特的了解，其重量很难说比他们弱多少。国内对费作的翻译和介绍，二十几年来没有间断过，不见得比黑格尔少，为什么费希特没走出学术殿堂，被更多的知识大众所认识？

苏里，你这个问题提的好。在当今全球金融危机、中国思想界群情激荡的时期，这个问题独具慧眼。确实，近代以来，德国思想对中国的影响源远流长，如康德、黑格尔、歌德、席勒、马克思，乃至当今的施米特、哈贝马斯，在中国都声名显赫。你提出的这个问题，费希特为什么在中国仅仅在学术圈为人所知，还没有成为一个带有公共意味的思想家。我觉得这与中国知识界近世以来的思想诉求的政治不成熟有关。我们只是理解、接受了半个费希特——哲学的费希特，但另外半个费希特——思想的费希特，却没有引起足够的重视。我们这次对话是通过谈论费希特的这篇演讲，来梳理费希特的思想，看看这个浓缩了德国近现代以来数代知识精英思想结晶的文本，是如何既表现出德国思想的伟大辉煌，又深嵌着这个民族心智三百年来的先天不足。这是一篇精彩无比的演讲——对德意志民族的演讲，这个文本无论放在何种语境下，都是一个值得分析的文本，尤其是对于我们中国人来说，它犹如“带毒的罂粟花”，美艳而又凌厉，一方面让我们神往，另一方面又让我们感到刺痛。为什么呢？

> 对不起，你的问题先放放。由于大部分读者对费希特比较陌生，即使名作《对德意志民族的演讲》，虽然中文版本很多，但我怀疑有多少人读过。我希望对话展开前，请你介绍一下演讲产生的背景，给读者一个时间和空间概念，让大家能迅速进入到文本阅读和理解。

说到这篇演讲，我是很有感慨的。上个世纪三十年代初，我的导师贺麟先生就专文写过费希特，当时正值“九·一八”事变，他的老师吴宓先生建议刚从德国留学回来的贺先生撰文，联系拿破仑侵占德国时德国哲人何以自处的态度，以鼓舞国人的志气。贺先生苦心孤诣，写了一篇长文，题目是《德国三大伟人处国难时之态度》，在天津《大公报》文学副刊分七期刊出。说起来这已经是七十多年前的事情了。现在我们重提费希特，虽然语境不同，但对中国，这个问题依然历历在目。真正伟大的思想，都是与其时代密切相关的，费希特这篇对德意志民族的演讲，也是时代的产物，它由费希特在柏林大学 1807 年 12 月至 1808 年 3 月所作的十四次演讲组成。当时的情况是拿破仑的军队已经占领了柏林，兵荒马乱，国已不国，费希特的十四次演讲全都是在法军的刺刀下进行的，每篇讲稿都受到了严格的审查，所以很多语言和论述都是非常隐晦的。有论者把它视为克利陶马赫在迦太基被罗马人毁灭后发表的告同胞书。

> 对，读起来确实非常困难。十几年前我也基本读不懂，太隐晦。这次阅读，非常注意书中的注解以及背景材料，才领会到他为什么要这么说。他一要应付普鲁士书刊检查，二要面对对生命构成威胁的外力因素。

这篇演讲的核心思想是把建立理性王国的事业与德意志民族的再生统一起来，其背后有着深切的法国刺激的印迹，法国大革命以及法国精神对于数代德国思想家的影响，这是我们理解费希特及其时代的思想家的思想背景。法国在当时的德意志知识界，曾经是自由精神的象征，我们知道，黑格尔、谢林都呼唤过法国大革命，甚至后来的拿破仑，也被认为是一种“马背上的世界精神”。不过，这种精神的蜜月是短暂的，近代以来，德国思想家一直面临着本己民族的德意志精神与异质的法国精神的内在张力问题。法国军队侵入耶拿，甚至签署了和约，德国思想家们就不再是单纯欢呼，而是唤起了另一种对自己民族前途的忧虑，他们试图用自己理想中的民族精神来超越法国。费希特的这篇对德意志民族的演讲，包含着内在的吊诡——现实和理想的对立，一直是德国思想家的梦魇，从德国早期的政治浪漫派直到今天的欧盟推手，德国人的这个梦魇并没有破除。马克思说他们是思想的巨人，行动的矮子，即使到今天，这种情况也还没有彻底改变。贺先生对于德国思想家们的心理观察十分细腻，他发现同是一种爱国主义的情怀，德国的三大哲人——歌德、黑格尔、费希特，他们在国难面前所采取的姿态是颇有意味的。歌德是一种老庄式的诗意面对，黑格尔是散文式的，像亚里士多德，处乱不惊，费希特则是悲剧性的，激烈冲荡，意气风发。

> 我猜，对待马背上的拿破仑，黑格尔在某种程度上是不是采取拥抱的姿态？我记得你在研究黑格尔精神现象学那本书中，像是提到这一点。而费希特恰恰相反。此外，他的演讲，如你所说，带有回击法国思想对德意志影响的意味。

你谈的也很到位。贺先生在文章中也谈到了。他说歌德是德国中部人，性格亦中和，当时他已经是一个饮誉欧洲的伟大诗人，对这个世界的风风雨雨，他喜欢用诗的眼光来看待，人生如诗。黑格尔是德国南部人，据说德国的南部人既工于实际又富有幻想，这个特性体现在他写精神现象学遭遇法军的态度上，可谓是你有你的马背与刀枪，我有我的哲学与思想，他对自己个人的遭遇不是那么介怀，而是觉得德国人能够在思想上超越法国就足够了。相比之下，费希特则是一个典型的德国北方人，严厉、较劲，不妥协，他关注精神，同时更关注现实。他对德国处境的反应具有德国人偏激的一面，在黑格尔看来，这种反应或许是过度的，费希特则不如此看待，他要一路走到黑，这也是为什么他在哲学上达不到黑格尔的高度的一个原因。我认为德国思想中注重现实困难的这一心态不但在费希特身上得到体现，而且在后来的李斯特、马克思身上更有发扬。正是因为创痛巨深，我们看到德国这一脉思想家们对历史的宿命穷追不放，这固然成就出不朽的伟业，但同时也隐含着巨大的短板。

> 我在阅读过程中有些感概。一方面，我对费希特面对当时德意志的处境所表现的良知和责任心无比钦佩，为他的激情所感染，但另一方面，我也有疑惑，甚至有某种叹息——费希特演讲中将很多事情绝对化了，对德意志传统有很多夸张描述。经验告诉我们，当后进者内心有一种焦虑感的时候，常常表现的是饥不择食、急于求成，甚至激进、紧张，言不由衷。这在费希特演讲中有很很明显的反映。黑格尔则相对理性，他是怎么看待这个事情的？如果把他们放在一起比较，黑格尔的纵深感和尺寸好像都大于费希特。

苏里，我觉得我们的对话至此开始进入正题，我们触及到一些对我们中国来说更为攸关的问题。你刚才谈到日本，谈到费希特与德国状况，我想沿着这个话题说一说，费希特很焦虑，这种焦虑是德意志焦虑的缩影。我认为这不仅仅是焦虑，放在更大的现代思想的视野来看，这关系到对现代世界认识的根基问题。最近我在研究格劳秀斯的时候，发现有一个非常重要的概念——“早期现代”的概念，值得我们重视。早期现代从历史时间上来说，指的是16世纪初到18世纪末，西方从古典社会、封建社会向现代社会转型的时期，从政治逻辑来说，指的是从古典政治、旧帝国向新的现代政治文明的转型。对这个早期现代的政治与法权秩序，中国当今的思想界缺乏清醒的认识。现代西方社会是经过五百年的演变而形成的。中国的甲午海战时期，可以说是对应于西方的东方现代社会的早期现代阶段，虽然从自然时间上晚了三五百年，但是其政治逻辑的同构性是与费希特费希特的时代以及更早的英法时代相一致的。

而我们比德国晚了一百多年，比英法等国晚三四百年。

但是，它们的政治逻辑是一致的。其内在深层问题——如何看待现代社会、现代政治、现代文明的发育与塑造，德国思想家不单纯是一种焦虑，而是缺乏一种真正的对于现代社会的历史发育，对于如何构建一个民族国家这种新的政治文明形态的本性的定位认识。甲午战争时期，中国人的心态与神圣罗马帝国下德国人的心态是类似的。回到费希特的这篇演讲，我觉得其中既有非常高明的东西，也有非常平庸的东西。我们所面对的是现代政治，是一个不同于古典的新世界，这个世界的源头在哪里？谁是这个世界的主人？对此，我们不得不转向英美，早期现代的英国，以及盎格鲁·撒克逊人的事业。

> 你这里谈得太精彩了！视角也很独特。“早期现代”这个概念，我第一次听说。但我想知道，英美对于现代的认识，是一种自然生长的，经过足够长的时间，一点一点修正出来的，还是在此基础上加进了人为设计（建构）的因素？在社会政治实践中，往往是先行者有了某种经验，包括错误的经验，使他们占了先。但后进者想跟上的时候，无法舍弃沉重的包袱，又不能像购买技术一样，迅速拿来为我所用，因此产生内在的紧张感。

我觉得你谈到了问题的一些重要方面。但是，人类事物和自然事物是不同的，技术的引进属于一种自然的事物，与人类政治文明有所不同。我们如何看待英美对于现代世界的构建作用？你刚才提到的是一个流俗的渐进主义的、哈耶克自生秩序的关于现代社会发育的认识。但是，中国的思想家们有一些不成熟，我们应该看到，现代社会的形成发育以及现代政治的确立，是由两个逻辑叠合而成的，一个确实是哈耶克保守的自由主义所认为的人类社会秩序的自发演进，这个过程与文明传统、普通法、民族习性相关，但这些东西不足以构成现代社会，即便是英美，它们的现代社会也需要一种政治与法律的构建，英国的光荣革命、美国的立宪建国，霍布斯、洛克等人的思想，英美民族将海洋的地理大发现转化为一个国际秩序的重新安排，这些都有现代社会的深刻构建在其中。

> 我想问的是，所谓自然发育和构建，哪个占主导。如果其中没有一个主导，那么大概比例是怎么样的？

对这个问题，我是这么看的。第一，自然演变过程和人类理性构建的关系，我认为用比例这个词不太好，用塑造比较好。二者是叠合在一起的，不是泾渭分明的。新的塑造是在自然生成里的一种加速度提升，不是平面的关系，而是立体的重新塑造。

> 我所谓比例，是一种分析方法。德国不是没有构建，也是有的。

这里就涉及到了第二个问题，你刚才谈到德国是有构建的，我赞同，他们是精神构建占主导地位。德国人不是中国近现代以来的那样反反复复的瞎折腾，德国人发现了一种精神的力量，但是我认为他们忽视了现代自由制度的力量。他是民族精神一条路走到黑，这导致了他的光荣，也导致了其失败。中国是最糟糕的，我们连民族精神都难以为继。从评论者的角度来说，英美道路当然是最好的方式，他们抓住了现代社会最重要的双重要素——民族传统与自由制度。德国只抓住了一个要素，传统的要素，将德意志民族绝对化，但毕竟还有将传统精神德意志化的激情。但中国传统也丢弃了，构建也没有，就在那里瞎折腾。中国不多说了。说到费希特，这篇演讲包含着四个部分，第一是德意志民族由于当时的利己主义化的极度泛滥，致使德国处于一个涣散、崩溃的地步；第二，经过法国的刺激，使得德意志民族有了可能重新振作的外部生机；第三，这种通过外部刺激激发出来的德意志民族的精神，在费希特看来，应该返回本己的民族文化、语言和诗歌，寻找自己的精神源头；第四，费希特又构建了基于这种文化精神的实现方式，即通过新的国民教育重新塑造德意志人，重新复兴德意志民族精神，从而取代法国变成人类精神的主导。应该承认，这篇演讲的主题道高意远，撕心裂肺，德国的思想从费希特时代直到今天，都一如既往地贯穿着这一论调。但是，遗憾的是，与现代英美精神相比，德国由于其错综复杂的原因，甚至某种天意，使得他们并没能真正把握到现代世界精神的真正核心。这个核心在我看来，不是马背上的立足陆地的拿破仑，而是一个新的海洋世界对人类从古典社会到现代社会转型时期所具有的政治、经济、法权意义上的改造，是海洋世界的英国精神。德意志离这个精神太远了，他们还是在欧陆世界的范围内，在路德新教的精神底座上，在日耳曼民族的土地性中去挖掘某种新世界的什物，这才是德国思想的死结——现代文明的花朵没有办法在传统的树干上开放出来。

你说的德意志思想家这样分析当时德意志的状况，为未来开药方，是因为眼界局限，还是囿于地缘政治因素，或是内心过于焦虑，有某种不服气情绪在其中？凭什么你英美的东西是最好的？——我这可是诛心之论啊。在18世纪末19世纪初，大英帝国独霸世界规则制定权还时间不长，因此德意志哲人有某种不甘心，这又和德意志历史传统有关。我常常联想到中国历史上，我们的哲人和思想家在重大时刻的选择问题。中国是一个抱持强烈天下观的国度，搞什么“华夷之辨”。德意志传统上是不是也有与此类似的文化—政治一统意识？比如他们长期自视为罗马帝国的继承人，将自己称为神圣罗马帝国。当遇到英（美）冲击时，怎么能心甘？就像中国人当时看日本崛起一样，有种不服气情绪在其中。德国是否也有这个问题，其传统实际上构成了它认识现代文明的障碍？

这里我们要看费希特时代的精神状况。今天我们读这篇演讲，会发现它的复杂性。费希特是对德意志民族发表演讲，这个民族确实有神圣罗马帝国的想象，但事实上并非如此，费希特的德意志精神是建立在路德新教基础上的，而神圣罗马帝国是建立在天主教基础上的。费希特写作这些演讲稿的时候，已经早被耶拿大学开除了，他到了柏林，受到德国浪漫派的影响，他对德意志诗歌、语言的阐释，基本上是接受了德国浪漫派的观点，但是德国浪漫派是天主教的。所以，我们看到费希特这个演讲稿在思想中是有张力的，他推崇德意志帝国体制，注重日耳曼语言、文学和艺术，但在精神上又完全接受了路德新教，他认为路德是德意志民族复兴的精神本源。

> 这多像我们中国！我们一方面对帝国传统有一种荣耀，内心是怀念的，而辛亥年革命之后，又抽掉孔孟之道，之后，开始迷失方向，一会儿是宋明理学，一会儿是实用主义自由主义道路，一会儿是无政府主义，一会儿又是十月革命。在这一点上，德国人和我们有区别。路德的宗教改革，虽搞的相当激烈，但还是在一个向度上努力。

你谈的中国近现代和费希特时代的精神状况确实有相似性。德国思想家是通过哲学、道德、宗教来代替空虚的帝国，为民族塑造精神支撑，在这一点上，是德国人有高明之处。但是问题在于，他们过于沉迷于此，致使他们没有发现人类现代社会的三大精神性力量的支撑。第一，是一个新的通过海洋展现的世界图景，我认为这个海洋世界构成了一种现代的力量，德国思想家们没有能力像格劳秀斯、霍布斯那样，有一种通过政治海洋构建出一个真正的自由的新的世界格局的眼界。第二，他们没有真切地感受到新教中的加尔文主义与现代文明的内在契合，他们或者是传统的天主教余续，或者是路德新教的发扬，没有人认识到加尔文新教具有的改变世界文明形态的重大意义。第三，他们对于现代社会整个世界秩序的法权结构，缺乏一种真正的构建能力。威斯特伐利亚和约虽然是在神圣罗马帝国的土地上建立起来的，但与德国思想无关。新的世界秩序与自己无关，他们对此没有反思，而纯粹沉迷于精神性的教义哲学，这是德国唯心主义的致命要害。读费希特的这篇演讲，你会发现他对自由海洋持鄙视的态度，对势力均衡的国际秩序说三道四，刻意挖苦。在这一点上，黑格尔比他要高明得多，黑格尔意识到了海洋的重要性，认为北美是属于未来的。费希特在这方面是非常短视的，与李斯特相类似。在费希特的时代，日耳曼民族和代表现代社会新的生命的英美世界还没有发生正面的关系，真正的现代世界是通过法国这个中介折射出来的，李斯特的时代不同了，完全是德国的国民经济学与斯密的政治经济学的对垒，我们看到，费希特的理论短板在李斯特身上得到了更加极端而令人痛惜的问题。

费希特没有走出德国，情有可原。而李斯特和美国有很大关系，游美多年，还在美国开矿、办农场，可比起大体同时代托克维尔对美国的认识，李斯特却搞出封闭自己的国民经济学体系！日本经济学家大河内认为李斯特是德国版本的斯密，如何解释？你讲了现代文明的三要素，何以德国顶尖级思想家就认识不到这三个要素呢？是眼界的问题吗？

我觉得这个问题确实是一个重大的问题，对中国当今来说也是性命攸关的。我在数年前写《休谟的政治哲学》时，确实对比了李斯特和斯密的政治经济学，也调用了日本学者大河内一男的观点，对此，我们俩的看法是相似的。近些年，随着我对早期现代问题的研究，我的观点有些变化。我认为，对于现代社会的政治、经济、法律问题，最后浓缩到思想层面的思考，大致有三个不同的层次，如果没有一种立体的思想，就容易得出一个较为扁平的结论。这三个层次是，第一，以现代民族国家主体的、国家内政层面的思考，第二，现代世界的现代帝国形态层面的思考，第三，人类文明共同体的普世性层面的思考。以前我们只是关注于第一、三层面的思考，包括政治、经济、法律制度等诸多方面，而忽略了一个新的现代意义上的帝国层面的思考。第一个层面，针对现代民族国家，斯密提出了一套政治经济学，既寻求市场经济的普遍性，又隐含民族国家的利益基点。李斯特也是如此，他也试图把自由市场经济与民族国家的利益支点结合起来，他主张德意志诸邦国之间是要打破关税，搞市场经济，在内政他是接受斯密观点的，他只是主张在国际层面上搞国家经济学，等德国发展到了英国那个阶段之后再搞世界市场经济。我觉得这些都是基于一个民族国家之内政层面的政治经济学思考，属于国是学。此外，德国思想家的思考还有一个人类的普世价值层面，康德的永久和平论、黑格尔历史终结论、马克思的共产主义，它们已经超越了国是学的政策与战略。回过头来我们思考一下现代世界秩序的演变，这里确实有一个新的现代帝国的层面，英美确实是一个帝国，主体当然是一个民族国家，但背后是一个帝国理念，现代帝国这个问题，国是学的政策思考难以支撑，人类层面的思考又太抽象，英美思想之所以高明，是清楚和到位地厘清了现代政治的上述三个层面。例如，斯密《国富论》下卷谈的其实就是帝国问题。相比之下，德国思想对于帝国的思考是虚幻的，没有政治上的实际意义，德国思想家们没有现代帝国的制度构建和法政思想，从民族国家直接跳到了世界大同、历史终结。我们看到，现代社会五百年来的世界秩序的演变，英美都考虑到了，五百年是一个现代帝国的演进史，与古典罗马帝国不同的是英美把海洋世界纳入政治化、法权化的真实图景之中。

难道德国人对帝国这一层没有体会和经验吗？它们大概被一种虚假的帝国想象给迷惑了。它们企图从日耳曼的黑森林直接进入人类大同。康有为在这一层面好像也不如梁启超。梁启超就有对现实世界的认识。对此，我有种直觉，就是，在民族国家层面上的政策，后进国家如果选错跟进的打击点，你怎么搞都会吃亏。干脆，我直接搞一个绝对的、超越的、永久的解决方案。问题在于，那样一个解决方案，如何从今天的必须面对的脚下，一步走过去呢？我的猜想是，德意志思想家未必看不到你说的三个层面，而是当他们面对前两个层面，没办法不产生焦虑感。面对英美近乎刚性的规则，李斯特就是在打狙击战，只可惜……

这里或许有一个历史的宿命，但对于中国来说，或许还有一线生机。读世界历史，一说到德国和日本，总是让人扼腕叹息，这是两个非常优秀的民族，可是天意注定了他们难以实现与他们的民族精神相挈合的现实王国，人类的事物就是如此，注定了他们悲剧性的命运。美国是一个上天眷顾的例外，英国和中国倒是值得探讨，英国的自然环境其实也是非常糟糕的，在如此糟糕的情况下，英国竟然发育出一个现代社会的典范，成为统治世界一二百年的日不落帝国，这是需要我们认真对待的现代事物。中国与日本不同，我们确实是有一个古典的帝国形态，日本的悲哀在于他们构建的大东亚共荣圈的帝国体制，野心过头了。中国如果能够励精图治，审慎走过历史三峡的现代转型，是可以另开新章的。

先知马克斯·韦伯

与阎克文谈韦伯

阎克文　学者、翻译家，1956 年生于北京。曾任职山东省总工会、新华社。2000 年辞公职。现为自由撰稿人，中国政法大学兼职教授。主要译著（包括合译）有《君主论》《民主新论》《公众舆论》《马克斯·韦伯传》《新教伦理与资本主义精神》《经济与社会》和韦伯《社会学文集》等。

缘起 >>> >>> >>>

马克斯·韦伯，生于1864年，1920年去世，是与卡尔·马克思齐名的德国社会思想家。在中国大陆，自上世纪五十年代始，马克思曾经家喻户晓，而韦伯走进中国人视野，已是八十年代中期以后的事。1985 年，韦伯名著《新教伦理与资本主义精神》翻译出版。此后二十几年，韦伯原著以及相关的二手文献，包括中国人自己的研究著述，陆续问世。韦伯热不温不火地持续到现在。可以预计，这热还会持续下去。

据知，很多人读过韦伯，或正读韦伯。《新教伦理》之后，《儒教与道教》有过两个译本，皆有不小的影响。2004 年广西师大出版社引进台版“韦伯文集”，推动了韦伯热的升温。此集中最引人瞩目的，是钱永祥先生领衔翻译的《学术与政治》，韦伯的两个名篇——“以学术为志业”，“以政治为志业”（阎克文先生译成“以政治为业”）第一次与读者完整见面。二手文献，以本迪克斯《韦伯思想肖像》和韦伯夫人玛丽安妮的《马克斯·韦伯传》流传最广。2009 年九月，韦伯重要的政论集《韦伯政治著作选》上市，颇受读者关注。其中收录了韦伯弗莱堡大学就职演说“民族国家与经济政策”，和韦伯在艾伯特当选总统后发表的“帝国的总统”等名篇。韦伯最重要的遗著《经济与社会》中文重译本，已于 2010 年出版，对读者全面理解韦伯，向前大大推进了一层。

韦伯年幼，德国开启俾斯麦时代（1871），急于在现代化大道上奔跑的德国，获得路德教改以来少有的四十年和平，德国工业、商业、科学技术、教育，得到前所未有的进展，整个社会歌舞升平，凯歌高奏，一路前行，势不可挡。1887 年，韦伯 23 岁，正式发表第一部学术作品，1895 年，韦伯 31 岁，就任弗莱堡大学教授，离德国第一次灾难降临，只不到二十年。此时的韦伯，已显露出先知迹象。演讲中他提醒听众：“事实上，今天，自由的精神已经很少进入沉静的书斋叩问我们的心灵了。”“我们年轻时代那种朴素的自由主义理想已经衰落；”

他挞伐德国社会：在民族统一完成后，到处“弥漫着‘政治餍足’的气氛，”“祖国的任何一个角落现在都是丑态百出”。他警告：“转型时期的经济发展腐蚀着人的天然政治本能。”他希望德国政治上迅速成熟起来，吁请同代人肩负起“在历史前面的责任”——此时的德国正如日中天呢！

韦伯不同于他的前辈思想家，比如黑格尔、费希特、马克思和李斯特，也不同于他后辈学人，比如海德格尔、施密特和施特劳斯。他深知德国的病根，急躁、莽撞、自卑，又妄自尊大，不可一世。他深切认同英美政治中的核心价值，希望德国最终能走上英美政治道路，成为政治上成熟、热爱自由、尊严地生活的民族。他断言，如果德国不能成为自由的民族，必将给人类连同它自己带来灭顶之灾。

先知韦伯一语成谶！德国没有在自满、自大中站起来，反而在1914、1939年，两次将世界和自己拖进灾难的深渊。很多年前，我读过哈特里奇的《第四帝国》，书中提到，二战结束后，德国竟然连铁钉都造不出来！

一个政治上幼稚的民族，必然造就出把命运系于其身的恶魔，最终将自己送上断头台。

焦虑了一个半世纪的德意志人，到二战结束后，才慢慢悟出民族求存的道理。不独德国，亚洲的日本亦如是。谁能保证，没人步德国、日本之后尘？

明年（编者注：2010 年）是韦伯去世 90 周年，可坊间一片寂静，是韦伯离我们渐行渐远了么？

这个现象似乎不算过于怪诞。

我认为，大陆学界对于韦伯思想的吸收消化和研究，与欧美相比，客观地说，总体上的差距非常之大。至于一般社会层面，就更不必说了。其中原因多多。

大陆学界 1985 年正式引进韦伯，至今近四分之一个世纪，整个韦伯研究，不能说没有，但系统、整体性都差强人意。是什么原因？

问题就在这里。实际上韦伯著述体系的完整性系统性介绍，还不能说已经进入理想状态。

我自己也是很晚才接触韦伯，认真读了几本，觉得他的重要性，远在许多西方思想家之上。

是的。我个人的感觉是，原著的精准译介，这个基本功本身，我们做得就极不扎实。版本来源参差，翻译质量更其参差。这对于准确理解韦伯无疑是个严重的不足。

让读者高兴的是，《韦伯政治著作选》在你老兄的努力下，终于与读者见面了！

应该说，大家对《著作选》是有期待的。我几乎第一时间把它读完了。

我只是尽量努力就是，而且我始终非常惭愧不能直接从德文翻译韦伯。所以正在发奋修习德文，希望能有所裨益。我的愿望是争取能在 3 到 5 年内直接翻译德文原著。

“以政治为业”，钱永祥先生翻译成“以政治为志业”，原来是这个选本中的名篇呵。

这是篇演讲稿，版本来源很多。

此次翻译，对照几个版本么？

我主要参照了冯克利兄的译本。冯兄的译笔基本上是公认的。

“业”与“志业”，好像传的神有些差别呢。你是怎么考虑的？

冯克利兄译本中作了一个注释，我完全赞同。就是说，我觉着“业”比较得体。因为韦伯是从两个方面比较“业”这个概念的，大体上类似于双关。一是职业，一是志业，如果单纯译成职业或志业，似乎都不妥当。韦伯是在进行比较研究，他把政治人分为两种类型，一是以政治为职业，一是以政治为志业。

这个挺关键，所以想听你仔细分辨。

两者的行为方式虽然不是断然有别，但精神实质却不可同日而语，在韦伯看来，前者显然是个多数。但只有后者，在韦伯眼中才是真正的政治家。不管这种政治家处在什么地位上，不管他是正在奔前程还是已经奔到了前程，都堪称真正的政治家。德语 Burf（英语的 vocation）可以理解成职业，那只是一个差事，说白了就是混碗饭吃；重要的是它还可以理解为志业，这就是基督教背景的概念了，它要求具备一种使命感，对于现代人来说，首先就是责任感。

韦伯的这一认识，与古希腊城邦政治传统是否有关系？

应该说，毫无疑问，不过这并不是唯一重要的。

我想应该注意一下，韦伯始终是在基督教，特别是新教传统的价值背景下看待现代政治现象的，而希腊的传统基本上是纯世俗的，那里还没有韦伯所极为看重的“天职观”。

韦伯十分清楚，已被除魅的现代世界不大可能在曾经是一元化的基督教价值系统中继续存在了。但是，特别是在新教塑造出来的现代资本主义文明形态中，正如他在《新教伦理》中所说，虽然现代资本主义已经不再需要宗教这个外壳，但是作为一种文明形态的现代资本主义，其精神实质还是在一种“天职观”的内在驱动下向前挺进的。这在现代政治家身上同样如此。可以说，这是宗教世俗化过程的结果。

韦伯还有一篇“以学术为业”，钱译“以学术为志业”，意思跟这一篇应该是一致的吧？

是的。

对不起，打断你了！你还可以继续刚才的话题。

如果按照韦伯的理想类型来说，我们就不得不承认，我们这个地方根本就没有政治家，因为没有塑造政治家的“实验场”，也没有政治家施展拳脚的舞台。从最简单的角度说，我们这里没有任何一个人能够或者敢于公开表明自己让听众不犯糊涂的政治抱负，如果有谁这样做，他基本上就死定了！如果他有这样的抱负，也只能是偷偷摸摸鬼鬼祟祟地掖在肠子里，如果没有机会在沉默中爆发，就只能烂在那里。

精彩！都变成公务员了！

阎：耐着性子看看韦伯的《政治著作选》，恐怕都会产生出一种确凿无疑的认识，就是说他老人家是在苦口婆心手把手地教给德意志民族怎么打造政治家，他对自己这个亲爱的民族实在是恨铁不成钢，恨钢不成材！

太精彩了！我很想你就此题目再发挥若干！

可是在我们眼里，那德意志民族却煞是了得啊——行政效率举世闻名，工艺精湛也举世闻名，一丝不苟同样举世闻名。可是韦伯认为，这种纯技术性的表现并不足道。

经济建设突飞猛进，科技进步日新月异，人民生活水平不断提高，国家综合实力不断增强，用这种纯唯“物”主义的意识形态行话描述当年的德国是不是同样贴切？

哈，哈，正是，正是呵。

这正是韦伯最为焦虑的地方。我们完全可以想象到，你给一个猴子哪怕戴上一顶纯金的帽子，就算那是个绝顶聪明的猴子，说到底不还是匹猴头？所谓沐猴而冠。所以，韦伯甚至多次激愤地断然否认德国存在贵族阶层！重要的是，韦伯毕生的社会政治偶像，是盎格鲁撒克逊民族，他的大规模比较研究始终都能让人清晰地看到这一点，结果我们可以推测到了，他认为这样的德意志民族绝对会随时面临灭顶之灾。所以他才那么苦口婆心地手把手教给德国人怎么玩民主、怎么玩宪政，从观念到操作，真真是苦口婆心。如果从自由主义传统来说，韦伯的观念显然是代表了欧美的主流思想。

> 重要的是，韦伯毕生的社会政治偶像，是盎格鲁撒克逊民族——德国的，甚至欧陆思想家对此有相同的认识么？或者正好相反，对英美嗤之以鼻？换句话说，欧陆思想家，是否有个英美情结？如果有，结儿在哪儿？

我还没有这种情结的观察，只是从实际表现来说，韦伯的新教伦理命题显然可以作为一个切入点，尽管百年来这个命题一直争论不休，但至今没有被颠覆，这就说明了问题。实际上，韦伯的整个著述体系，他的任何一个命题，据我所知，至今都是要么还没有谁能够颠覆，要么就是绕来绕去又回到了韦伯，只是更加扩展了韦伯命题的解释力。调侃一下——如哈耶克所说的扩展秩序。

> 我有个观察，不知是否确切：英美至今称霸 300 年，显然不止军事强大、科技发达、财富积累，等等，而是政治上某种超过欧陆的品质——这种品质，欧陆思想家最熟悉了，因为是它们祖上建立并传下来的，它们自己丢得差不多了，但却在英美看到它结出硕果，

他们一面赞叹，一面焦虑，甚至愤怒！这品质，就是英美政治中保持的德性——古希腊、罗马共和实践昌行的政治美德传统。只不过很隐蔽，一般人看不出来，都以为英美搞炮舰政策，靠膀大腰圆称霸世界。

历史变迁此消彼长，这种现象并不罕见，至于现代以来欧陆与英美的反差，当然有它的独特原因，很难几言以蔽之。至于你最后提到的那种看法，恐怕只是意识形态宣传的胡扯淡。

但欧陆思想家知道，很清楚英美政治的要害在哪儿，再看看各自本国的情况，更觉气馁？韦伯是第一个表述欧陆思想家焦虑根源的人么？

对盎格鲁撒克逊人抱有偏见和嫉妒的欧陆人士，我觉着只应对他们表示理解和同情，没什么更多好说的了。

韦伯实际上是对全体现代人类的出路感到焦虑。有这种焦虑心态的当然不止他自己，他也不是第一人，在这方面，马克思毫无疑问是韦伯最著名的前辈，只是他们的取向截然不同。马克思把现代人领到此岸岸边，只是教给现代人怎么在此岸这边打砸抢烧杀，这个很具体，操作性很强。然后呢？然后他就甩手不管了，他实在找不到一个脚踏实地的地方领着他们到彼岸去，于是只好自己飘往彼岸站在那里干着急；韦伯则是在不遗余力地连接此岸与彼岸，历史证明他构建的这座桥梁是坚固的，指向也是清晰的，他着急的是许多人——尤其是他自己那个民族——怎么就是不肯往这桥上走呢？

“报以同情”，我同意。但仍要厘清。因为有人并不以为前车之鉴呵。

是！再一个，韦伯的世界性眼光并不是人人可及的。

韦伯的工作很伟大！可惜死得太早了。

是的，天纵英才却不假以时日！

刚才我们算垫个底儿，现在想请你向读者介绍一下韦伯，他的生平、交往、形迹、著述和政治实践，等等。因为在知识公众眼里，韦伯并不显眼。

咱们是不是可以先从一个众所周知的概念说起？职业道德。

好！切中时弊。

这个概念是韦伯首次提出的，韦伯是它的源头，可惜，professional ethics 译作职业道德也是不得已而为之。仁兄知道，ethics 既有道德更有伦理之意。但是，我估计当初译作职业道德，是因为比较上口或者易于大众化，虽然确实弄得家喻户晓，但实际上却阉割了一个重要内涵，职业伦理是个富有宗教意蕴的概念。没有宗教，严格地说，就谈不上伦理，充其量只是世俗的道德。

因为伦理是一种形而上学的价值系统，它的产生和发展都是依托一种终极性的观念，这个终极性观念就是上帝，是永无谬误的，而且具有强大的心理约束力，有些情况下，比如在基督教文化那里，还有同样强大的制度约束力。而世俗道德往往是此一时彼一时，极端情况下可以没有任何底线。比如我们的现状……

我们的古人，为道德设定了底线吧？比如己所不欲，勿施于人。

中国人所理解的道德，不用说，从来都没有形而上的终极意义。

这个我同意。

我觉着差别就在这里，没有终极依托，是随时都可能被“因地制宜”的。这不是说道德比伦理孰优孰劣，而是世俗道德远远不具备基督教背景下、特别是韦伯所说新教伦理的那种稳定性普适性和永无谬误性。

他的三个方法论分析支柱是宗教、法律和官僚制的理性化，比如职业道德，早就有相应的理性化法律和行政制度的相辅相成，虽然基督教本身从形而下的角度来说似乎已经衰微，但是它的文化基因却是不可磨灭的。

上帝死了，但“阴魂不散”？

阎：这种基因早就同构性地塑造出了其他相应的西方制度形态，毫无疑问，所以，我们的传统没有这种基因，的确是一个重大的文明缺陷。虽然中国不乏各种宗教形态，但它们从来就没有形成一种全民性或者社会性的整合力量。

许多思考者，把国朝的问题挖到这儿。

这是问题之一。仅仅是之一。

像是没辙了。那还有希望？！

当然还有其他路径。尤其是现代国际社会，已经是名副其实的国际社会，即如常言所说国际化、一体化之类，在这种背景下，韦伯的方法论思考对于我们来说就有了比较切实的资源性意义，一个重要问题就是制度路径，首先是官僚制的理性化和法律体系的理性化。因为制度路径是刚性的。作为一个现代人，如果你不是一味打算追求田园诗的境界，恐怕就别无出路。

理性化能解决一切问题，或根本解决问题么，不论东西？人家理性化之外，还有一个维度……

我们当然不可能指望理性化能解决一切问题。而且，韦伯对”铁笼”的预见早已是确凿无疑了。也正因为如此，他在成为一个坚定的民族主义者的同时，也成就了一个坚定的自由主义者的业绩。韦伯本人以及许多了解他的同时代人，都曾希望他能成为实务型的德国政治家，他甚至被提名过内务部长的人选，可惜未能如愿。

这也是作为学者的韦伯“怪”的一面，他对政治有极高的热情。

其实说怪也不怪。无论哪里的政治，总有需要装疯卖傻或者装傻卖呆的时候。可惜韦伯他老人家始终没有这种“素养”，凡事总要说个一清二楚，而且说出来就入木三分，搁谁谁不烦他呀。

说“怪”，是就我阅读范围，像韦伯这样有政治热情的学者，西方还不多。

应该说，不算过于罕见。比如马基雅维利，比如贡斯当，比如阿克顿勋爵。

说到这儿，我希望你谈谈韦伯思考的时代背景，很重要，对我们今天应该有所启发。

要是直话直说的话，当代中国与韦伯时代的德国应该是似曾相识的关系，刚才已经大体说了，但是表象背后绝对有着本质的差别，俾斯麦的统治不管多么“铁血”，威廉二世皇帝的表现不管多么昏聩，有一点非常关键，德国的社会毕竟是个自由的社会。

这与我们有根本差别，可德国最后还是把事情搞糟了，糟透了。

是的。那就是韦伯反复警告过的，德意志民族政治上的不成熟。

只顾揣着大把的银子随处横行，既没有成熟的政治意志，也没有清醒的战略思考，基本上处于不可一世但得过且过的状态。这种政治环境既不可能产生出有眼光的政治家statesman（不是政客politician），也不可能打造出有眼光选择自己的政治领袖以对民族的政治命运共同负责的people。如此，就不可能不出大问题。

政治被彻底屏蔽掉了，只剩下“工作”！

实际上韦伯晚年时已经不再对当下的德国人抱有希望了，他的

“以政治为业”、“以学术为业”实际上是说给未来的德国精英听的。中国的实际政治中，缺乏让政治家脱颖而出的环境，官僚机器被政治化了！按照韦伯的思考，这部机器必须回归它本来的工具性，同时由人民自己选择自己的代表。这是一个双向的完整的政治教育过程，也是现代社会政治还想正常存在下去、现代人类还能活得像是有尊严的人类唯一可行的路径。事实一再证明了韦伯的论断。

　　这部机器很大意义上空壳化了，成了某些利益集团谋利的工具，如果这也是政治的话，那我同意官僚机器被政治化了。指挥机器的也成了工具，有用时拿来，没用时踢走。一种新政治形态，人类历史上根本未遇到的类型。

　　还是回到韦伯。你刚才说，韦伯的演讲，是对着德国未来政治家的，他对当时的政治家彻底丧失信心了？

很明显，对当时的德意志民族韦伯确实丧失了信心。你看，他毫不含糊地给几个主要社会势力做了定论：容克阶级已经气息奄奄，工人阶级整个就是一帮市侩，资产阶级则昏头昏脑。还有什么指望？

　　魏玛时期，他好像有了点信心，但很快也是心灰意冷，没看到结局，否则韦伯非气死不可！

按照他的著名性格，恐怕会有那样的情况，所以他一辈子都没拿准究竟是专心治学还是全力从政。

我翻译韦伯的过程中，始终有一种十分强烈的感触——韦伯的“天职观”，他的使命感。这话虽然平淡无奇，但是看看韦伯的作为，以及他的知识密度和思想密度，不可能不震撼人心，实在难以想象他的力量是从哪里冒出来的。他一生写了30多卷著作，德国人已经花了半个多世纪整理他的遗著，至今已有33卷问世，但还有没整理成书的；而且他做过4个大学的教授——要知道，那时的教授可不是用一本讲义在讲台上混十几、几十年的，具体到韦伯，他的每个讲义都是一篇新的论文，可惜，除了《经济通史》以外他的讲义至今都没有译成英文。所以我想，将来我还有能力译德文的话，打算先译他的讲义。除了著述以外，他还参与了大量的实际政治和社会活动，他23岁就写出了博士论文，就是《罗马农业史》。此书至今还是欧美大学相关专业的必读参考书。

我计算了一下，韦伯有生56年，从23岁博士论文开始，到他56岁辞世，中间他经历了8年的精神疾病期，此外还有大量的公共与私人生活要占用时间和精力，这样一来，他的有效伏案时间一共也就是13到14年。

他不是在写，而是井喷一般。

阎：居然写出了33卷以上的著作，不叫他天才还能叫他什么。按照我的理解，英语世界对韦伯的思想一直有些偏见，所以到目前为止他的著作只有10卷左右被译成英文。当然，这些译著可以反映韦伯体系的概貌，但远不全面。

这个偏见是……？可我觉得，英美对韦伯的重视，好像超过欧陆？

偏见云云，是我个人的感觉，还没有机会获得实证。从表面上看，韦伯著作的英译本，全部都是英语世界可以顺利接受的内容，无论是他的方法论体系还是他的历史主义框架，都是如此。但是我们不要忘了，韦伯是个德国人，他以身为一个正统正派的德国人而毕生自豪，他至死都在念叨自己这个亲爱的民族能够在世界政治舞台上取得应有的地位，这个愿望也使他至死都在巴望着德国人能像盎格鲁撒克逊人那样成为一个真正自由的民族，所以他才断言，如果德国人不能成为那样的民族，就必定会给世界也给自己带来灾难性的后果。这话说出来不到30年，德国人就两次陷入了灭顶之灾！

德国的处境，让韦伯英雄气短。

准确地说，是气长但命短。

回到刚才老兄的一个问题上来。他的两篇著名演讲，始终有一个问题在心里，就是“我们这个时代的处境”，和“我们的历史宿命”，这与你说的“天职观”，“责任感”，是一回事么？

绝对有逻辑联系。用大白话说，韦伯的态度始终是，他必须这样行其所信，信其所行。他把为现代人的出路操心视为自己的天职和使命，不这样干他觉着对不起所有人。实际上他也希望看到每个现代人都能在自由的制度下为人处世。否则，现代的文明形态就很有可能成为现代人的“铁笼”，资本主义尚且如此，其他主义就更不用说了。

韦伯是绝对认可英美政治实践的，或曰英美道路？

从自由主义民主宪政角度来说，韦伯是绝对认同的。

欧陆思想家直到二战后，都未走出英美阴影，今天似乎也是，这中间到底什么鬼怪在起作用？按理说，英美脱胎于欧陆，虽然教改后走了一条不一样的路。可这一分叉，造成几百年的差距。我一直好奇的是，欧陆近代以来，到底得了什么病？阿兰·佩雷菲特给法国做了诊断，韦伯给德国开了药方，可欧陆像是一意孤行，终究走不出启蒙以后的梦魇，我很不理解。我的这一看法是不是有问题啊？

不，这里是有些问题需要进行比较思考。韦伯 1904 年有一篇演讲，几乎就是针对这个问题的，收在《社会学文集》中，就是我正在译的这本，刚刚译完，正在校订。

真不知道韦伯没有成为政治家究竟是福是祸。大概人都有个定数，无奈。不过总的来说，虽然常言道“人类一思考上帝就发笑”，但韦伯的思考肯定使上帝稍感快慰，因为他几乎就是上帝的使徒。我想，这个说法无论如何都不算太离谱。如果没有他的影响，至少现代西方世界，恐怕不会有今天这样能够告慰韦伯的表现。

韦伯之后，德国人这百年来，是如何认识、解读韦伯的？其他欧陆国家呢？

二战以后，德国人很快就认识到了这位先知的分量，政府以及若干个著名教育和研究机构每年都有专项资金投入韦伯著作的整理和研究，而且韦伯享有了任何一个德国人都不曾享有的哀荣：现在全德的几乎每一个城市都有一个韦伯广场。

韦伯也算是先知了，一个民族能这样对待它的先知，虽然晚了几十年，也预示着它有希望了！

他的观念和概念系统对欧美学界乃至社会的影响已经不用多说了。政治学、历史学、宗教学、经济学、社会学、法学这些主要的人文学科，要想绕开韦伯，几乎是不可能的。

这点已经很清楚了，欧美都认。还有一个问题，想请你多谈几句，就是你刚才说，韦伯是强烈的民族主义者，换句话说，他是个爱国主义者。韦伯的爱国，与德国当时社会上流行的爱国主义，有什么重要区别？他的民族主义，我们在什么意义上认识，才更符合韦伯的本意，而有别于哪些庸俗、狭隘的民族主义？

阎：我们知道，从 patriot 的词源意义上说，爱国就是爱故土。

对，对，爱故土！都忘了故土，侈谈爱国，胡扯而已！

而韦伯时代德国社会上的“民族主义”或者“爱国主义”喧嚣，像在多数其他地方一样，都是在某些政治势力或者利益集团操纵下的表现。即使你把故土打造成了地狱或者垃圾场，正常人爱故土的情结肯定还会依然如故，只是这时的爱国肯定会表现为另外的方式。

当年，普鲁士军官团，也大谈爱国主义。

但那里面根本就没有应有的高贵精神气质，没有清醒的政治战略目标，不光是平民，要命的是统治阶级也是如此。

容克地主，也有它们的爱国观。就是左翼革命者们，也不是常把爱国主义挂在嘴边上？但看上去，都是假的，甚至是有害的。

对，即便是真诚的，在韦伯看来，如果没有民族国家的观念作为最高价值标准，那也只能成不足败有余，他以俾斯麦为例说明过这一点，俾斯麦本人是容克出身，按照一般的推理、特别是按照马克思主义的推论，他理应代表容克阶级的利益，但是事实恰恰相反，他始终代表的是德意志民族国家的利益，可惜的是俾斯麦统治造成的制度后果，是韦伯无论如何都不能接受的。

关于俾斯麦，很想听你多说几句，因为国内几乎没有人专题研究这个极其重要的人物。俾斯麦的时代，德国人多么自豪啊。

我觉着俾斯麦毫无疑问是个历史上少见的伟大人物，至少是个地地道道的大人物。这不光是指他位高权重，而是说他看出了历史对他的要求，也意识到他能对得起这种历史要求，这个问题好像不用多说，因为事实摆在了那里。

不过他带来的一种后果却是致命的，就是说，与德意志民族的整体状况相比，他个人确实过于伟大了，加上他作为政治人所不可避免的某些权谋术数的恶劣行径，使得后俾斯麦时代的德国人基本上丧失了自我评价、自我判断、自我救赎的能力，再加上国家和人民都有了些来历不明或者不雅的碎银子，结果就是我们看到的那样了。

> 这个深刻的教训，德国人直到二战后才彻底吸取。
> 阎：是的，这种背景下的民族主义或者爱国主义，我们早已不算陌生了。现在看来迫切的是接受教训，不过有这种紧迫感的中国人似乎比当年的德国还少。不管体制内外，人人都觉着个人无能为力，不负责任地得过且过乃至狗苟蝇营腐败糜烂已经成了日常现象。
> 刘："似乎"？连这个"似乎"似乎都没有啊！

只能用"似乎"一说啦，因为咱们毕竟没有统计学的证据啊，在这种需要确凿证据而不可得的问题上，韦伯从来不会把话说绝。

> 韦伯精神！我还有最后一个问题，是请求。
> 在结束今天对话之前，想请老兄为读者开两份书单——一是读韦伯原著，按对认识中国当下问题有帮助原则，顺序地开三本；一是理解韦伯的二手作品，也开三本，我先代读者谢谢你！

按照我个人的理解，就目前我们易得的资源来说，第一个顺序可以是《新教伦理》（北京三联书店）《学术与政治》（广西师大出版社）和《政治著作选》（北京东方出版社），当然，如果能在《经济与社会》的背景下解读，心得肯定会更加丰满。

《经济与社会》，还要等老兄的新译！

至于第二个顺序，限于我们目前的资源，恐怕只有《韦伯的思想肖像》（上海人民出版社）《马克斯·韦伯传》（江苏人民出版社）和《韦伯的新教伦理——背景、由来和根据》（辽宁教育出版社）可读。但容我立刻声明，后两本都是我或我与朋友合译，这样推荐绝对不是夹带私货，而是据我所知目前实在没有其他公认的读本，也许是我孤陋寡闻。

不会，不会，举贤不避亲嘛。三本书我都读过，正是我心里的顺序啊。

承蒙仁兄错爱。可谓同气相求。

知识人的镜子

与卢跃刚谈科尔奈

卢跃刚 生于1958年，祖籍四川雅安。作家、记者，天则经济研究所创始人之一。主要作品有：《人体躁动》《长江三峡：半个世纪的论证》《在那酒神徘徊的地方》《以人民的名义》《大国寡民》(1998)《卢跃刚报告文学自选集·〈在底层〉〈在高层〉》《东方马车》等。

缘起 >>> >>> >>>

“重温经典”破例不只谈一本书，已非第一次。但谈在世的思想家，还是第一次。

把科尔奈列入思想家阵营，未必是共识，但我们有充分的理由，尤其是他集大成之作《社会主义体制：共产主义政治经济学》(英文版1992，中文版2007)，和思想自传《思想的力量》(2009)出版以后。

但这不是今次“重温经典”的主题。对谈者关心的，是作为一面镜子的科尔奈，对于大陆知识人的意义。

科尔奈，这位影响了整整一代中国经济学家的人，在中国大陆的境遇，很有些尴尬。一是他几乎未走出经济学人视野，一是年轻一辈知识人几乎不了解他。对谈者认为，比起所有新近引进的东西方各类新潮，科尔奈的思考都更具意义。他没过时，而是遭到冷遇。这很值得深思。

简体中文版科尔奈第一部作品，《短缺经济学》，1986年出版。据说八十年代初，就有经济学人在图书馆找到英文版，如获至宝，“据为己有”。比科尔奈更早引进的，还有布鲁斯、奥塔·希克，当然还有南斯拉夫的卡德尔等人，但都未曾有科尔奈的待遇。德热拉斯的情况要复杂的多。他的名著《新阶级》1963年就出了中文版，可至今还不能公开上市。吊诡的是，同样以经济学家闻名，哈耶克有名的多。就是很晚其著作才公开出版的米瑟斯，比科尔奈引起更多重视。

科尔奈曾出任国际经济学会主席，诺贝尔奖多次提名。他曾任教多所世界名校。从哈佛大学任上，他毅然返乡，回到故土匈牙利。更早的时候，苏东解体，很多人结束“流亡生涯”，纷纷回国，寻求机会。科尔奈最可以回来，甚至最该回来。他放弃了，坚守研究。放弃回国的同时，他也放下所有工作，为他饱受转型之痛的祖国撰写了《通向自由经济之路》。10年后中文版《后社会主义转轨的思索》（2003）问世，我们仍能触摸得到他当时对所关切问题的热情与温度。

科尔奈带过多位中国学生，可能是带出最多中国知名经济学家的世界级思想家。能猜到的原因只有一个：中国对他思考的意义重大。我还想，同时与他“雄心勃勃但又是责无旁贷的任务”有关。这句引语出自帕利坎《基督教传统·大公教的形成》英文版序言。帕利坎与他的朋友鲁西曼对处理通史有着深刻的担忧和警惕，但他们的信念让他克服了这种担忧。他说，“历史学家的最高职责就是撰写历史，也就是说，设法一以贯之地去记录影响人类命运的重大事件与运动。”对科尔奈而言，中国的实践就是他眼中的“重大事件与运动”。

今天，我们请到卢跃刚先生，与大家一起回顾科尔奈的学术生涯，他的作品，以及他的结论，重要的是，聆听他的启示。

刘苏里

今年科尔奈八十周岁。对这位在世思想家表示致意，最好的办法，是重温他的作品，回顾他的思想生平，看能给我们什么启示。

科尔奈与中国有不解之缘。开放初期，科尔奈就进入中国经济学人，包括政策制定者视野当中，算起来也有二十几年了。

将近三十年了。我研究改革开放三十年，采访了许多人，可以这么说，他的《短缺经济学》在当时对经济学界影响极大，几乎可以说是中国经济体制改革的“圣经”。他创造了一整套精准认识计划经济体系的经济学概念，比如“短缺”、“软预算约束”、“父爱主义”、“投资饥渴症”、“棘轮效应”（编者注：棘轮效应，是指人的消费习惯形成之后有不可逆性，即易于向上调整，而难于向下调整。）等。

东欧经济学家，有比科尔奈进来更早的么？

奥塔·希克、布鲁斯比科尔奈早，1979 年底就进来了。奥塔·希克的《第三条道路》1982 年就出版了。最早好像是这两位，哲学可能是沙夫。中国改革之初是以东欧为师。东欧自从 1956 年匈牙利事件以后，一直在变革当中，并且取得了一些进展。

你刚才讲，“以东欧为师”，很有意思。是一个比较隐含的意义，还是一个比较明显或者甚至公开的宣示？这个大背景在哪儿？

公开的。粉碎四人帮不久，华国锋率领着赵紫阳等一大批地方和中央部委官员到南斯拉夫访问，学习他们的农工商联合企业和工人自治。在共产主义阵营中，南斯拉夫是个异类，比其他东欧社会主义国家更敏感一点。回来之后，赵紫阳就在四川广汉实验农工商联合体，把产、供、销、政以公社为单位组织起来。那次还去了英国。

这大概是顺理成章的事，——社会主义国家，同样的体制背景。

听起来挺符合逻辑，但据我所知，匈牙利这批思考者在东欧改革的先驱当中也属于异类。

科尔奈是记者出身，供职的报纸是《自由的人民》，匈牙利共产党中央机关报，相当于中国的《人民日报》。干了不久，很年轻就当了报社经济部的负责人。跟我的角色很类似，我也当过中国青年报经济部负责人。但是他很厉害，1956 年匈牙利事件已经参与起草纳吉的施政纲领了。而此前，他的论文里已经出现“短缺”概念了。

他们这些人不是纯粹的经济学家，他们的言行，跟当时匈牙利的社会演进有直接关系，他们是政治现场的在场者。

他们是在计划经济—斯大林式极权主义政治现场产生的经验型的经济学家和思想家。

科尔奈早年并非经济学科班出身。后来读了卡尔·马克思大学经济学系。

更早些时候，他是文学爱好者，后来喜欢经济学，钻研经济学，用经验的眼光、记者提问题的方式观察计划经济现象。我早期读科尔奈时也搞错了，以为科尔奈早期接受了大量的西方经济学训练。结果一看他的自传，才知道根本不是。他系统学习西方经济学很晚，当然，比中国经济学者早。

因为他们在政治现场，这样一个事实使他们比我们熟悉的中国经济学家对问题本质的感知要敏锐许多？

80年代初期，有两个人对中国经济学家和改革政策的制订影响最大，第一个就是科尔奈，他的代表作是《短缺经济学》；第二个是路德维希·艾哈德，他曾担任过西德经济部长和总理，代表作是《来自竞争的繁荣》。我们改革初期向东欧学习，以东欧为师，为什么？无论是匈牙利，或者是东欧其他国家，他们的经历和命运跟中国几乎是一模一样的。改革中后期转了，向西方市场经济学习。

有意思，不妨详细说说……

匈牙利在50年代就开始变革，到80年代，20多年后，我们也在讨论跟他们50年代讨论过的同样的问题，即如何改革、如何摆脱计划经济体制。这让我特别惊讶。匈牙利算是东欧比较活泛的国家，匈牙利，波兰，比较活泛，其次是捷克。南斯拉夫早期是最活跃的，因为它明确反对斯大林体制。这是一个整体的政治氛围。让我们再回到科尔奈。从《短缺经济学》到《社会主义体制——共产主义政治经济学》，科尔奈由一个经济学家成长为一个思想家，这个演进非常自然。你读完《短缺经济学》的时候，你一定会想，他还有很多话没说呢！还有很多想法藏着呢！为什么同样的政治、经济条件下，中国产生不了这样的人？我发现有两条：第一条，科尔奈是犹太人，经历了上个世纪两大最残忍的极权主义迫害。他父亲是一名律师，服务于德国大使馆，最后德国不认，弄到奥斯维辛集中营给整死了。他家人受尽纳粹迫害的时候，他在现场。二战以后，斯大林主义对匈牙利这个民族而言，灾难性绝对不亚于纳粹对于犹太人的迫害。也就是说，科尔奈们感受到了纳粹主义、斯大林主义——上个世纪最残忍暴虐的两大极权主义双重的的迫害和压抑。他们的经验强度应比我们大。第二条，他1956年匈牙利事件以后，私下里跟最好的朋友宣布：与此前（包括政治经济学）彻底决裂。这个情景，中国走在前沿的学者也好，思想的先导者也好，启蒙者也好，都没有做到。

自传中，科尔奈对此叙述极其详尽。

对，极其详尽。他的决裂态度，还被充当当局密探的朋友告发了，并记录在了秘密警察的专门档案里。这种在政治和思想上斩断血缘，重新确定自己的学术立场，我看了特别震动。我就知道为什么中国的学者们不能在同样的经验体系上产生出原创性的见识，别说理论了。现在你知道问题的答案了。这次科尔奈自传《思想的力量》提供的信息是非常丰富的。否则你没法解释，同样的信息，同样的经验，面临同样的压力，中国为什么没产生科尔奈这样的经济学家、思想家。

这里还有一个问题。56 年匈牙利事件冲突的强度，到今天为止中国是没有的。

对。一个国家开着重型坦克到另外一个国家去了，堂堂皇皇地把这个国家的总理给绞杀了。

但如果把我们的时间拉长，它所形成的那种压迫感，以及人们在生活中所感受到的那种几乎没法用词汇描述的状态，足以让我们的学者……

你是说除了标志性事件以外，时间一拉长，中国人所经历的苦难就远远超过了……

超过所有的同类型国家。

我们看那个历史过程，可以与斯大林、希特勒比较，斯大林杀本国人的同时也杀外国人，希特勒主要是杀外国人，斯大林、希特勒搞领土扩张。

中国的政权建立背景跟匈牙利很不一样。匈牙利的革命政权是被输入进去的，是拉科西他们把苏军迎到匈牙利的。拉科西坐稳以前，还是多党联合执政，许多传统得以保留。中共是主要靠武装斗争夺取政权的典型。

严格讲，中国的这场革命也是西方共产主义输入的结果，只不过它是通过中国人自己的理解以后，产生了自己所谓的“山沟里的马克思主义”。

从这个意义上看，都是输入的。

首先是思想输入。我经常想这个问题：为什么共产主义能在二十世纪初期所向披靡？为什么秉持马克思主义的共产革命政权能那么高度地集权？我想，原因之一就是革命理论创始人，把剥夺私有财产全面地理性化、合理化、道德化了。之前没有人提供过这样的理论。

对这套社会革命观我们没有深入清理，但是西方学者早就发现了。科尔奈的《短缺经济学》有大量的隐藏话语。关于计划经济制度深刻的矛盾，米瑟斯、马克斯·韦伯提出来过。米瑟斯说，计划经济不能进行精确计算，必然崩溃。这个论断在他 1922 年出版的巨著《社会主义——经济与社会学的分析》之前就得出了。我把这个论断称作“米瑟斯诅咒”。你这个制度——社会主义计划经济体制不可能当好家，过好日子。依我看，我们的清理工作才刚刚开始。有一次我就问八十年代一位很活跃的的学者，我说中国的学者，准确地说应是思想启蒙学者，思想水平达没达到50年代初期苏东知识分子的水平。他说当然没达到。

那个破茧任务没有完成。

根本没完成。第一没有胆量，第二没有思想资源，第三连精神资源都没有。

还有两个现象，读科尔奈书时感觉很明显。第一，匈牙利是一个小国家，那时人口只有850万，小国家发生的事情都很集中，比较容易观察得到。第二，从45—56年，只11年时间，政治和经济急剧变化。第一次冲突发生在51、52年，已很激烈，54年斯大林分子有了一次“回潮”，酿成56年更大规模的冲突。可以想像，身处其中的人，比如科尔奈和他的朋友们，其感受比我们学者直接而且深刻。换句话说，49年后，我们的学者，即使经历了反右，也难得有机会比较深入地观察整个国家的变化过程。

还要看秉持着什么样的精神和价值。我经常说，中国知识分子没有在原点上思考的习惯，比如“人道主义”这个原点。西方的个人主义——个人生命、个人价值、人权等，前提是人道主义，这是无须讨论的。

> 很长时间，我们把它们当作西方文化传统，予以激烈批判。

第二点，刚才你说的知识分子的历史经验，中国知识分子应该比西方知识分子、苏东知识分子强烈丰富得多。比如反右，已经有大量的事实揭露出来，由这些事实来观察社会运行的机制、轨迹，揭示社会的性质，我觉得足够了。我认为，中国社会现象丰富的程度、经验的张力绝对不亚于匈牙利那些小国家。以国家大小来断定真相和认识的清晰度，这还真没什么关系。整个东欧加上德国的一半，多少个国家？（刘：9 个）还不算俄罗斯联邦。（刘：加起来恨不得有 30 个）范围还不大？

匈牙利的制度演进过程跟中国也是一模一样，否则《短缺经济学》的出版，不可能能在中国学者中间引起如此长久共振。所以，科尔奈在他的书里讲到，1985 年他被中国政府邀请参加“巴山轮会议”，他的这套东西跟中国别无二致。

> 他的《社会主义体制》描述的现象和原则，把里面提到的国家替换成“中国”，几乎一模一样。

“短缺综合症”本质上讲就是整个计划经济、斯大林体系的综合症。这个综合症不仅是物资、消费品的短缺，还有库存、浪费、劣质。不仅是经济短缺，还有更深刻的道德短缺。在匈牙利和中国发表《短缺经济学》的时期，往深里的话他没说，只讲了前三分之一，后三分之二切掉，而且前三分之一还引入了数学模型的方法。

> 科尔奈的思想自传取名《思想的力量》，意味深长。为什么呢？你看东欧国家后来的剧变并非突如其来，有很长的演变过程。这其间，我们能同时看到所谓思想先导的力量，比如更早产生了一批和这个制度、主义决裂的个体。这样的群体，在东欧各国不止一个。而我们的学者和思考者一直没突破刚才你说的那样一个茧缚，思想本身一直没有抵达对原体制的彻底检讨和批判。所以难于产生有力量的思想。

这是因为科尔奈身上有一种信念。为什么我们的工作没有开创性？八十年代以来的思想启蒙实际上是锅夹生饭。思考这个前提是，你没做扎实而艰苦的工作，你没有积累，你说话没有依据，没有底气。你看到的现象本质是什么？（刘：现象背后看到的还是现象）你根本不知道。你把现象描述清楚都有问题。因为描述现象有剪裁的问题，有轻重缓急的问题，有一个强大的思想、信念支撑的话，完全不一样。还有基本的精神价值，绝对价值的恪守,有的话也完全不一样。思想的力量从何而来?无非是两条:第一条是信念;第二条是价值。尤其是第一条。

从1922年"米瑟斯诅咒"到"短缺综合症"的提出,前后是将近50年,人类围绕着"计划经济"这个怪物——人类历史上极权主义体系认知、感受和诅咒,从米瑟斯学派到科尔奈提出"短缺经济"概念,持续累积问题,持续提出问题,从纯经济学思想、经济学理论,一直走向思想清理,政治哲学。

> 我们用于思考的资源极其匮乏,西方资源匮乏,自己的资源也没有,最后只好在那一锅清汤寡水里面来回搅。基本的东西,好东西是有基础的,当你梳理许多人的研究,发现要么不扎实,要么没有什么基础。

没有。这是一个层次。

第二个层次,中国社会变革到今天也30年、三分之一世纪了,应该好好总结。我想,我们应在两个维度总结:一个维度是中国社会的思想演进,第二个维度是中国社会变迁的本质。"改革开放",应该颠倒一下,"开放改革",是先开放后改革。对于一个封闭了几十年的社会而言,开放是硬指标,改革是软指标。这个意义上讲,中国改革开放30年思考从学术的角度看,应从两个方面着手,一个是学术承继,一个是理论建构;学习,建构,不断积累,最后产生自己原创性思想或理论。30年,也应该有了。有没有?这是第一个问题。第二个问题:

是什么？第三个问题：分量如何？回答这三个问题，让我们再返回去比较一下，追问一下，科尔奈的西方经济学是什么时候开始学的？他写第一篇文章是什么时候？完成《短缺经济学》是哪年的事？写作巨著《社会主义体制》又是哪年的事？我也给他一个时间维度。好了，让我们回到个体，如果我们强调了某种思想或者某种社会演进的过程中什么主观条件，那他如何具备这些条件的？

> 你这个问题很尖锐。30 年各方面的条件有很大改善。最近我还发现，60 年代末、70 年代初开始，到 80 年代中期，出了很多书。被消化了多少？

批判需要有能力。最经典的就是德热拉斯的《新阶级》在中国的命运。这本书 1957 年被秘密带到美国出版，1963 年中国以灰皮书形式出了“供内部参考”版。这部书很多人读过。但读了怎么解释的呢？这部书阐释的现象和结论，对斯大林极权主义的批判，文革当中成了极左翼的思想资源，噢，“资产阶级就在党内”。

> 变成搞内部政治运动的一个理论基础了。

极左路线的理论基础。

> 包括哈耶克《通向奴役的道路》。我见到第一个中文版本，好像是62年出的。我上研究生的时候就读过。说实话，看不懂。后来想想，我们理解哈耶克这套东西的资源太少了。

第一是不敢，第二是不知。不仅仅是不知，他不敢怀疑这套体系的合法性，绝不敢。怀疑某个提法，某个结论，已经很不得了了。

> 从这个意义上讲，刚才说匈牙利封闭，还得修正。东欧国家有一个特点，它们都是欧洲国家，与另一个世界就那么一条自然边界隔着。56年匈牙利事件之后，22万人就直接跑到西方去了。

一位西方学者说，社会主义移民问题，只有逃出，没有进入。

> 台湾搞自由主义那批人，以殷海光为代表，包括傅斯年、雷震。别忘了，他们都是大陆走的，他们的思想形成于大陆。

这是我们思考大陆问题的一个起点：为什么会那么成功的把人改造成这样？你考察这个问题的时候，能看出大陆极左势力的性质和运行的轨迹、机理。

> 你看苏联极权主义体制最后产生了多少反抗制度的文学家、思想家，音乐家……
>
> 苏联虽有大规模的古拉格群岛，但多数情况，斯大林是从肉体把你消灭掉，而中国极左势力是要你在思想上臣服，精神上跪下。

人格、人性的东西要全部摧毁掉。斯大林在监狱里摧毁，中国极左势力不仅监狱里摧毁，还要搞所谓群众运动，运动要深入到每一个家庭每一个人，整个私密空间被强制打开，精神上、颜面上、伦理上把你换个人。我们今天还背着这个包袱。这30年没有产生有分量的理论、思想研究。为什么？这又是一个问题，跟前面那个问题肯定有内在逻辑关系。

> 上次我们讨论过这个问题，我提过一个看法，就是开放的大门打开后，几乎重要的智力资源全涌到解决具体问题的对策上。

你看科尔奈自传，他为什么要用“思想的力量”当书名？他宣称不参加所有的集体政治活动，他为了保证能够出国参加国际学术和思想交流，他要站在世界学术潮头上。他讲得很清楚。以他的社会影响力，他会对直接解决社会问题发挥很大作用，他没有做。

他最后选择了学术和思想，但眼睛一刻也没离开过对现实过程的关怀。

他认为这个力量更强大，他要保持跟世界的接触和联系。保证他的思想的前瞻性，使他思想更加成熟，能够进步，能够成熟，能够成为体系，而且更加有影响。他的《短缺经济学》出版以后，在苏联是禁书，通过地下渠道流进苏联。多逗啊。

以科尔奈为代表的这批思想家、理论家，在很大程度上避开了官方专制网。

对。这样才能够沉静、专注地思考。

这个很重要。重要的理论思考，个体不处于比较沉静的状态，是很难完成的。最多是对一些现象的感悟，无法形成系统的、证据链比较充分的思想立论体系。

你就说杨小凯吧，其主要思考成就也是在境外完成的。虽然他在国内已经有某种萌芽，但仅仅萌芽而已，基本还是在原教旨框架内思考。

甚至是极左翼的思考，不是根据他掌握到的经验，比如说掌握到具体的社会运动的信息进行思考的。西方人不是这样，计划经济还没展开呢，列宁还在世呢，其手段还没到斯大林那个程度呢,米瑟斯们就根据学理的逻辑推出计划经济制度不可长久。

我们把这段稍微总结一下，就是说，从今天开始，你不要告诉我，再过 30 年，我们有力量的思想积累，还是白茫茫一片“干净”的大地。

这个不可能。因为现在信息环境已经发生了本质的变化。比如大饥荒研究。你知道中国大饥荒研究的第一部书是什么时候出的？ 1993 年。还是一个外国人写的，中国社科出版社出版。

一个美国人写的，小薄册子。

对，一个博士生的论文，印得特别糙。那是第一本。

有时候理论家不一定要获得全部资讯，但要具备足够的穿透力，便可以建立起理论的逻辑了。

我们建立起逻辑关系的信息已经足够了。

这个意义上讲不是完全因为信息不充分。

信息不充分是一个原因，但不是必要原因。

这个任重道远啊。我想一个问题，我们要具备哪一些必要的条件，在还需要做哪些工作，往哪个方向努力，才使得我们再过 30 年不至于再一次被我们思想本身的成就感到一种悲凉。

你这个问题我认为有两大层面，各有两个内容。

第一个层面，两个内容，信念和价值。强调价值的内涵，是要关注人权，重建人道主义精神，经济学、历史学、社会学、哲学、法学、文学等要全面建立中国人的人道主义体系，同时建构专业信念。中国学者蔑视具体的生命形式是普遍的。

他们对死亡和苦难没有什么感觉，只有到自己遇到苦难或者死亡威胁时才会有感觉。

这是价值面的问题。要建立人权的、生命的、人道主义的体制基础。

第一层面是精神的宏观层面。第二层面是精神的中观层面，即学术。第一是建构一个思想的事实基础。从历史学角度上说，我们没有完整的文献概念，我们没有可靠的历史编年概念。历史的文献、编年概念建立起来以后，我们才可以在历史逻辑上梳成辫子，才能看得见社会发展的脉络。

那些可靠、可信、可以使用的历史材料……

根据不可靠的历史知识得出宏大结论，我们可以举大把例子。

一项研究不断重复。

不仅是重复，而且是知识负增长。简单说，我们的工作，第一是要建构一个可靠的知识体系。第二，要建立自己的方法论，即要有“方法论意识”。关于后者，《墓碑》的写作与索尔仁尼琴的《古拉格群岛》比较，我觉得很能说明问题。关于前者，为什么我们原来说策划三、五年出一批好书，而且是原创性的书？目的就是建构一个社会思考的坚实基础。建构社会思考的基础这个工作，现在大家还没有这个意识。

这里面我们可以举出很多例子，比如哈维尔等领导的捷克《七七宪章》运动。哈维尔的“无权者的权力”是在监狱里面产生的政治哲学。

包括那个匈牙利人葛兰西，《狱中札记》中创造的文化霸权理论，后来成了左翼经典。我们坐监狱的人也不少，时间也不短啊。海外条件应该更好了吧？有人出国时间足够长，20—25 年，条件也足够好，当了大学教授，而且是带着本土感受走的，可又有谁成就了基于本土问题意识的思想体系呢？这里由此引出另外一个话题，你看科尔奈的整个生活轨迹很有意思。匈牙利稍微开放以后他就去了美国，在哈佛大学落脚，在那呆了有20年。这个过程中有两件事非常值得拿出来讨论，一个是他的祖国发生变动的时候，他那时候没有回去，但是他放下手中所有的工作。

他有一半的时间必须到匈牙利去。作为一个学者的思想家，他思想的源泉在哪里？思想的主体是什么？思想的根本是什么？他的民族。你注意，整个东欧国家从肖邦、西贝柳斯、斯梅塔纳、德沃夏克，一直到科尔奈、奥塔·西科、布鲁斯，他们热爱自己的祖国,把自己的祖国作为自己思考的背景和舞台，更作为自己思想的归属，源远流长。但是，各自恪守本分。苏东巨变，很多东欧国家的经济学家正在纽约开会，听到消息，跳着脚要回家了，说要回去参加革命了，参加分肥，再不回会去就晚了。科尔奈没有。

刚才我们说过了，他坚持学术研究。

他守住了自己一个学者的本分，他认为他的力量更来自于他整个学术的发扬光大了。后来他也回去了，但不是参加分肥，而是学术。更确切地说，他回去，是因为匈牙利是他的祖国。

还有，他坚信思想的力量。

从没动摇。这很重要。他的心是分成两半的，一半的心是感知西方世界，人类文明；另外一半是思念的自己祖国。东欧思想家、艺术家、文学家有这个特点。这让人特别感动。“祖国”的概念是很崇高的，可是“爱国主义”教育把人庸俗化了。科尔奈与普林斯顿大学签订协议的时候有个要求，即要有一半的时间在匈牙利，苏东事变后，他回匈牙利定居，彻底搬回家了。他是在自己的土地上思考的经济学家和思想家。这样思考的姿态、方式，特别值得中国的学者，中国的未来可能的思想家们效仿，或者做参考。

这个问题又分两个层面了。第一个，他们回来的条件和基础是什么？第二，这个问题更尖锐，你刚才讲到有爱国主义的庸俗化，使得你现在说爱国主义就跟笑话一样。个体和母国的关系到底建立在什么基础上？是出于感情上的爱戴，还是理性上的珍惜？我感觉，无论在杰出的个体身上，或普通人，这个建构好像都未很好地完成。这与我们整个民族国家建构没有完成是否有直接关系？

我没有想清楚，但是现象很清楚。我们无论看到的，大到如俄罗斯，小到东欧国家。这些知识分子有一个特点，爱国是一个主调。

我认为西方国家的知识人也是这样。他们思想家考虑问题的基点就是本国问题。

绝对价值的确立就是根据本国问题来的。

不论你多么玄妙像黑格尔，还是直接拿出方案的汉密尔顿，眼光首先集中在本国问题上。

50年代的时候，西方国家的华裔跑回来有这种感觉，尤其科学家。

一批人，回来参与“新国家”的建设。

这个问题是这样，你很难强迫别人干什么事，这是第一。第二，我们做比较的话，肯定的一点是，苏东国家知识分子、艺术家们那种对祖国的关心，围绕着“祖国”思考问题的方式，这不是国内知识分子所能比拟的。

其实我的问题也是我们好几年以来的问题，我对你的说法其实是有怀疑的。我转来转去还是那个问题。你觉得那个会有成果不假，我相信有一大排。但是一个个体如果没有那种像诅咒一般的信念，他产生的东西到底有多大意义？

但问题是可遇不可求。我的预感，十年之后就可能有。根据我对社会发酵的程度、信息展开的程度和接受信息的方式，和运用工具的丰富程度、意识，我觉得在未来十年时间会有的。

最近这段时间我接触过两个俄罗斯作家，一个是写《俄罗斯地缘政治》的彼得罗夫；一个是季诺维也夫，针对苏联解体过程中的种种问题写了大量评论。还有前不久去世的索尔仁尼琴。后两人都是90年代从外头回去的。一门心思回国参与解决俄罗斯问题。这种精神本身——我就是认定了回去解决问题去，不是为了做官，也不为了发财。

我同意进行个体分析的，因为这里面是有一个精神结构问题，就是知识分子的精神结构分析。这个问题，十多年来我也多次说过。我说，前苏联和东欧的知识分子、作家、艺术家是中国知识分子、作家、艺术家的两面镜子。

我也相信这个差异。我们自己的思考者本身应努力把这堵墙彻底打碎，让所有人认识到我们的根本问题到底在哪儿。不是什么信息丰富不丰富的问题，不止是专制体制的问题，不仅仅是工具问题，而是你说的精神结构问题，精神追求问题。

精神残缺。

我们认定是精神残缺，那精神残缺的根本在哪？有没有办法解决？我还是那句话，如果这些东西不解决的话，有力量的思想还是不会产生。

这个我同意。这个追问的逻辑和方向我也同意，事实也是如此。

不止社会氛围，还要有政治氛围。社会氛围恐怕在这个意义上要超过政治氛围。

当然，因为它是潜在的，是人心的，或者是基本价值的。在这个逻辑上讲的话，我们说与其期待爱因斯坦，还不如更期待一个能够保护、培养爱因斯坦的社会基础基础，社会氛围。

或者说如果我们这个社会不奖励思想的话，也不可能产生思想，有价值的思想。

我把你刚才说的这个句式移过来：如果我们不累计可靠的、正向的、应该有的历史知识的话，我们思考的空间就是虚浮的，思想的空间就是漫天泡沫。当然，这个过程严格讲，期待原创思想和大作品，期待大学者、大思想家、大作家可以跟扎扎实实建构知识基础的工作并行不悖。要不，你开书店干吗？

东欧共产主义及其殉难者

和金雁谈纳吉与吉拉斯

金雁 1954年生于西安，中国政法大学人文学院教授，博士生导师，中国苏联－俄罗斯、东欧问题研究领域，具有领衔地位的专家。曾任中央编译局世界社会主义研究所东欧处处长、中共中央编译局俄罗斯研究中心执行主任、教授，现任中国政法大学人文学院教授、中国苏联东欧史研究会秘书长、国务院发展研究中心欧亚社会发展研究所特邀研究员。主要著作有《农村公社、改革与革命：村社传统与俄国现代化道路》《田园诗与狂想曲：关中模式与前近代中国社会再认识（合著）《新饿乡纪程》《苏俄现代化与改革研究》《火凤凰与猫头鹰》《经济转轨与社会公正》（合著）《从“东欧”到“新欧洲”：20年转轨再回首》《倒转“红轮”：俄国知识分子的心路回溯》等。

缘起 >>> >>> >>>

有些人即使在他的祖国一时被忘记了，但只要他为人类精神品种的提高做出过卓越贡献，就总有人记得他、怀念他，向他表示敬意，匈牙利人纳吉，南斯拉夫人吉拉斯，就是这样的先知和圣人。在人类为追求政治的古典性舍生取义的纪念碑上，将永久镌刻着他们的名字。

米洛万·吉拉斯，南共创始人之一，南斯拉夫反法西斯战争的领导人，南联邦国民议会主席，联邦副总统。最重要的，他还是一名作家，南共最重要的理论家。很长一段时间，他与铁托、卡德尔并称南斯拉夫三巨头，是南共夺取、巩固政权，国家建设卓越的领袖之一。纳吉·伊姆雷，匈牙利共产党早期成员，共产国际官员，匈共政治局委员，官至匈牙利副总理、部长会议主席、总理，苏联人内定的匈共总书记。最重要的，他也是一名作家，匈共最重要的理论家之一。

纳吉1956年匈牙利事件中，勇敢但当起重组国家政权，重建匈牙利共产党的重任，成为事件过程中，匈牙利人民心目中、也是实际上的第一国家领导人。匈牙利人民反抗暴政的起义失败后，纳吉遭逮捕，受到苏联人指使的审判，最后被处以极刑。他的死，与两千多年前苏格拉底之死，其格式和性质别无二致。他本来不但可以拯救自己的生命，——只需表态支持背叛者卡达尔政权，且继续享有高官厚禄之待遇，换言之，他的“前途”乃至生命，就掌握在自己手中。但他像苏格拉底一样，义无反顾地放下了，他用一人之生命，抚慰蒙受耻辱的匈牙利人民的心灵，让极权者永远背上无法偿清的沉重债务。在最后一次法庭审判上，他留下自己的政治遗言："在这个由热情和仇恨构成的诉讼中，我必须为我的思想而牺牲我的生命。我原意奉献它……我相信，历史将宣判杀害我的刽子手。"在血光中，他完成了华丽转身，标出了政治道德的刻度，彰显了人类处理自己事务应该依据善的原则的千古意义和价值。

吉拉斯是另一类型的沉思者和反抗者。作为南共第二号人物，他在南共夺取政权的第八年（1953），在美国发表了著名的《新阶级：对共产主义制度的分析》，并因此坐牢。此后他的生活轨迹是：出狱便被软禁，软禁后便是坐牢，直到1968年因发表谴责苏联入侵布拉格言论，被吊销护照，被迫流亡西方为止。铁托1980年去世，6年后他才得以返回故国，直到这一年，被翻译成六十多种文字的《新阶级》才在自己的国家公开出版。比起纳吉，吉拉斯有幸长寿，因而看到了他终生反对的极权政治的失败，也因此成就了许多部著作的问世。他的《铁托内幕故事》和《同斯大林的谈话》，以及最后的著作《不完美的社会》，都不同程度地产生了世界性影响。

有意思的是，吉拉斯的代表性作品，除《不完美的社会》，在中国大陆都有译本，当然，无一例外是"内部发行"。其中《新阶级》出版于1963年，81年匪夷所思地被重印。它对几代人的影响，不亚于哈耶克的《通向奴役的道路》，索尔仁尼琴的《古拉格群岛》，奥威尔的《1984》。相比之下，纳吉最重要的著述没有中译简体字本，惟一可找到的中文作品，是56年匈牙利事件前夕写作的《为了保卫匈牙利人民》（人民出版社，1983），也是“内部发行”。这是纳吉与极权制度决裂前的作品，与吉拉斯比起来，有着不可避免的思想局限。但它到底是我们能够见到的，从极权体制内部对极权体制进行反思的最早作品之一，因而珍贵。

纳吉和吉拉斯，是东欧社会主义国家的领导人、思想家，他们所思所为，与他们生于斯长于斯的东欧国家，有着极其密切的联系。当我们寻找他们思想脉络，追忆他们殉难轨迹的时候，无法绕开东欧这片土地，尤其是二战后东欧各国的不幸遭际。他们是那片土地养育出的先知，是那片土地上生活的人民的儿子。对纳吉和吉拉斯的解读，同时一定也是对东欧的解读。所以，此篇对话，用大量篇幅重温有关战后东欧的历史，其政治、经济、文化所以如斯的重大背景。今天，我们请到金雁教授，带着我们沿着东欧的土地、河流，探寻这片土地产生纳吉、吉拉斯的内在原因，重温他们的殉难故事。

刘苏里

现在看来，纳吉的观点确实非常一般了，为什么他的书还非常有价值？还有吉拉斯的《新阶级》。我同意您刚才的说法，社会主义阵营理论素养较高的政治家当中，至今没有超过他们反思深度的。

纳吉真正的东西没有展开，只写了提纲，国内现有的《为了保卫匈牙利人民》书中的东西还没有突破体制，基本上属于一种改革派思想，真正有价值是他想写的《苏共20大的作用和意义》、《匈牙利悲剧的典型性》、《我们起义斗争经验的国际意义》这些文章和传记作品《风雨时代》，可惜都没完成。

> 这两个人很有意思，一个因为反抗苏联的入侵，被绞死了，成为努力使匈牙利从一种体制变成另一种体制的牺牲者。一个五十年代中期就被关在监狱里，不断坐牢，——吉拉斯一半时间坐监狱，一半时间被软禁。但是，这两个人物，从50年代初直到80年代末期东欧剧变，树起了两个标杆。

在那个时候，很多人往往认为他们的思想有一些“超前”。其实我个人看，纳吉的思想并不超前，纳吉最后的行动是让苏联人逼出来的，但是他的勇气的确令人敬佩，以及洛松齐、西拉吉、毛莱泰他们这一批人的勇气可嘉，可见纳吉的感召力非同一般。纳吉的现实意义要高于理论意义。就思想性来说，纳吉的东西没有超出现在的改革，纳吉死得要比布哈林壮烈伟大得多，他本来只要承认卡达尔政府、承认对10月23日事件的定性是“暴乱”就可以免于一死，但是他说“我必须为我的思想而牺牲我的生命，我愿意奉献它”，他要给后人留下一份珍贵真实的遗产，所以我最佩服纳吉，他如果退缩，向卡达尔一样，就可以保住个人权势和生命，但是他选择了英勇赴死。

两个人都可以称为新生政权的创始人，或者“国父”。纳吉当时地位虽然没吉拉斯那么高，但他第二轮便被推上最重要的位置上了。

当时赫鲁晓夫在“后斯大林时代”需要找一个稍微温和的人物，纳吉比较符合条件，与拉伊科、哥穆尔卡这些“本土派”不同，纳吉与拉科西一样是“讲俄语的”人，是一个典型的“莫斯科派”，但又不是犹太人出身，他与苏联之间的渊源之深超过匈牙利“莫斯科派”当中的任何人。纳吉是 1918 年在俄国参加俄国共产党并加入苏俄红军的，移居苏联长达十几年。也许是那个自称为“斯大林最好的学生”的拉科西紧跟苏联太过头了，完全不顾匈牙利国情和民族尊严，在国内缺乏号召力，1953 年斯大林去世以后赫鲁晓夫指定由副总理纳吉担任总理的职务。

我很希望你给读者谈谈东欧国家建立和实践社会主义制度的大背景，让我们对这两位杰出人物所处环境有一个基本概念。

第一，东欧是苏联的势力范围，整个东欧除了南斯拉夫、阿尔巴尼亚都是由苏联红军“解放”的。美国巴顿的第八军团打到距离布拉格 40 公里时掉头南下，交给东边来的苏军解决东欧德军。具体到匈牙利它更没有选择的余地，匈牙利在二战期间绑在希特勒的战车上，想通过德国的帮助夺回《特里亚农条约》

失去的土地和人口，1944年9月由苏军乌克兰三个方面军攻入，并在战后驻扎在匈牙利。第二，这些国家社会民主党的力量强于共产党，左翼社民党的本土资源深厚。比如匈牙利，工人运动有它的独特性，建立在工人运动基础上的社会民主党要比共产党的历史长得多，在工人中有深厚的基础，1873年建党，1890年改名为匈牙利社会民主党。而共产党是在俄国十月革命鼓舞下于1918年11月成立的，比社会民主党晚了40多年，1919年在库恩·贝拉领导下成立匈牙利苏维埃共和国时，社民党和共产党曾一度合并，5个月后政权被颠覆，两党分裂。1924年共产党在维也纳重建，苏德战争爆发以后，德国扶持霍尔蒂的“箭十字党”执政，共产党的活动十分困难，因为当时共产党不能掌握社会力量的大多数，需要联合各民主爱国力量，于是共产党提议与其他一些反法西斯党派组成“匈牙利民族独立阵线”，由在国内民主派当中人脉颇望的工人领袖拉伊科·拉斯洛担任“匈阵”总书记，后来在“匈阵”的基础上成立临时国民大会和临时国民政府。

> 但战后情况有了很大变化，“莫斯科派”下山摘桃子，并在国内展开了残酷的清洗运动。

1948年6月在日丹诺夫的提议下共产党兼并社民党后改名为匈牙利劳动人民党。由于是不平等的“吞食”，遭到社会党内部分人员抵制，很多人退党。此后“莫斯科派”的拉科西小集团独揽大权，他按照斯大林“社会主义越发展，阶级斗争越尖锐”的理论，在党内排除异己，清洗“本土派”与兼并过来的社会民主党人。1948年匈牙利拉开了“大清洗”的序幕，党内的“老近卫军”都被以“阶级敌人在党内的代理人”罪名逮捕入狱，矛头指向国内在坚持游击战或被霍尔蒂政权监禁的“本土派”，在这次“清洗”中，拉伊科·拉斯洛首当其冲，另有19万人被清除出党，1949年结束党派竞选，其他党派消亡，形成一党制。

这跟冷战的大背景有很大关系。此前斯大林是极力推销他的“联合政府”的，并且不断强调，通向社会主义的道路不止一条。

1947年东西方大国拉开“冷战”序幕，3月美国宣布奉行“杜鲁门主义”，6月美国国务卿马歇尔提出复兴欧洲经济的“马歇尔计划”，并向包括苏联在内的东欧各国发出邀请，苏联表示拒绝，也禁止东欧国家前往，斯大林明确说：“马歇尔计划是直接打击苏联的”。作为对策，9月在斯大林授意下苏、波、捷、匈、罗、保、南、法、意九国共产党和工人党代表在波兰西南疗养胜地弗罗茨瓦夫省的波伦巴小温泉举行会议。会议内容没有事先通知与会各国代表，苏联突然提出要成立共产党情报局，要求在苏联控制下的东欧各国立即按苏联模式实行社会主义建设，不再允许各国实行通向社会主义的“多种道路”，必须服从“苏联中心”的指挥，着眼于苏联的外交策略，这个提议遭到众多代表反对，波兰工人党总书记哥穆尔卡质疑说：“国际工人运动迄今的实践表明，这样的中心弊多利少”，南共代表卡德尔认为这会遏制各国共产党的独立自主政策，捷克代表斯兰斯基表示抗议甚至中断参加会议，法共、意共的与会人员也觉得这种做法不符合社会主义政党的传统，其他一些国家的代表则以事先没有取得他们党中央的授权为由希望暂缓成立该机构，但是在斯大林强硬立场和遥控指挥下，会议当场通过了成立共产党情报局决定。至此两个阵营的对立形成，在斯大林“两个平行市场”的理论下，根据“莫洛托夫计划”，1949年成立“经济互助委员会”，东欧各国原则上只能保持同经互会国家的贸易往来。

> “风云突变”，铁幕苏东这边儿，斯大林连续发飙，一发不可收拾。

从共产党情报局成立以后，东欧各国都发生了几件影响深远的历史事件，导致他们停止已经开始的“自己发展道路”过程而被迫转向。因在情报局成立过程中苏联看到了东欧共产党的离心力，首先决定拿南斯拉夫开刀杀一儆百，指责“铁托集团”掌握在“杀人犯和间谍手中”，是为了与“苏联相抗衡的”，接下来在东欧各国激烈批判“民族主义”，展开清除“民族主义”的运动，凡是主张“本国国情论”的人统统被认为是“对苏联榜样的蔑视”，谁要谈独立的社会主义道路，就是“堕落到反苏立场”，“堕落到出卖工人阶级的立场”上，是“背离了马列主义的‘富农党’”，要予以清算。其次，中断从1944年开始的也得到斯大林首肯的“人民民主制度”发展道路，认为这种制度是“助长资本主义发展的道路”，是“违背和歪曲列宁主义的”，是“马列主义的叛徒提出的无视苏联历史经验的理论”，必须立即结束人民民主阶段，转向苏联社会主义工业化的经济发展模式。第三，日丹诺夫在情报局成立会议上指责社会民主党是帝国主义的帮凶，他向东欧共产党提出，工人阶级只有一个，共产党也必须是唯一的，工人阶级内部不允许有改良派与革命派之分，社会民主党不是工人阶级的政党，不能把社会民主党看成是最接近共产党的力量，不存在联合阵线的“大左翼”，并命令各共产党在1948年上半年快速完成兼并社会民主党的工作，尽快清除掉这个政治上的竞争者。

> 斯大林的日丹诺夫如此生猛，是不是还钻了东欧国家战前、战后一直存在“本土派”与“莫斯科派”内斗的空子？

在东欧各国共产党内一直就存在着在本国坚持反法西斯斗争游击战的“本土派”与前往苏联投靠苏共的“莫斯科派”之间的分歧。本来“本土派”就对“莫斯科派”随着苏联红军一道回来“摘桃子”的作法就很不满，更对他们在建设时期拉大旗作虎皮，惟苏联马首是瞻、亦步亦趋地跟在苏联人后面鹦鹉学舌而丢掉了民族旗帜的治国路线极端反感。1947 年共产党情报局成立后，对待苏联的态度便成为衡量这些国家共产党忠诚与否的唯一标准，这样便为那些依仗苏联权势拿着“尚方宝剑”的“莫斯科派”在本国耀武扬威地打击“本土派”提供了有力武器。

> 什么事都有个源头。你看匈牙利，苏军占领它的东部很大一块地方以后，很长时间，发展的党员也不过 12000 人。

整个在二战期间，匈共只有不到 2000 人，参加活动的只有 300—400 人。1943 年共产国际解散，匈共也随之宣告解体，一部分人以“和平党”的旗号留在国内坚持斗争，另一部分人跑到苏联组建了国外中央委员会，1944 年在反法西斯战线取得节节胜利的情况下，国内从事地下活动的人第三次重建匈牙利共产党，并与国内并肩反抗法西斯的社民党再度合作，由于双方价值立场相近，又有国内抗战的共同经历，两者关系比较密切，于 1945 年成立了两党联络委员会。而跑到苏联去的拉科西等人随苏联红军进入布达佩斯，与国内的中央委员会合并，“莫斯科派”因为有苏联人作后盾顺理成章地成为党的主要领导，拉科西·马加什出任匈共中央总书记。

> 这些东欧小国历史上总是夹在不同的帝国中间，深受其害，好不容易熬到战后，却又遇上苏俄帝国，更是

凶神恶煞，令人气短！

采取哪种社会模式根本就由不得本国人民的选择，1947 年波兰当时就是否要搞社会主义进行过全民公决，“只有 7% 的人投了赞成票”，哥穆尔卡也说：共产党在 1945 年以前影响不大，缺乏社会基础，“波兰不能是一个苏维埃共和国”，但是 1948 年强制推行的“莫洛托夫计划”根本就不顾及东欧国家的利益和他们自己的探索。正如亚当·沙夫所说：“很清楚，当时波兰根本不要这种苏联式的社会主义，所以后来波兰进行的社会主义革命，是一场不受欢迎的革命，况且这一革命来自对波兰进行了 150 年瓜分和奴役的国家”。我们“已经有了错误的建设社会主义的历史经验，所谓现实社会主义的垮台就是明证”。波兰人都知道著名的兰普遗言是：如果靠苏联红军的刺刀在波兰建立社会主义，社会主义事业在波兰将被推迟几代人的时间。历史上的亡国之痛，苏联强加给他们的斯大林模式这一历史积怨一直沉淀在民族意识深层。二战中匈牙利是围绕着德国转，绑在德国的战车上，二战结束又绑在苏联的战车上。具体到匈牙利还有一点，就是拉科西“奴才”当得太好，做得太过分了。

好像那几个国家的领导人，拉科西最扯淡了。

拉科西死后为什么被刨坟扬尸？就连赫鲁晓夫都对拉科西说，

你要是敢回匈牙利，那里的老百姓会把你吊死，匈牙利人恨透了拉科西。

我们能不能这样理解，东欧国家战后的历史，它的基本格局实际上是由冷战这个格局决定的?

应该说在二战时期已经决定了，二战时期斯大林想把这种与盟国之间的关系维持下来，盟国承认苏联有权获得“解放”国家的政治保护权，丘吉尔也明确与苏联达成了在东欧的“利益百分比”，因此初期斯大林不希望整个东欧国家完全跟苏联一样，这样他有一个缓冲地和制度过渡地带，但是因为冷战导致，对抗明朗化，“缓冲地”的长久维持就不可能了，西边的吸引力太大了。

比如东德，作为社会主义阵营的“橱窗”，发展最好的一个，人均 GDP 只有西德的 1/4，职工收入只有西德 1/3，劳动率仅为西德 30%，进出口贸易是西德 1/10，科技水平落后西德 20 年。有时想想这个柏林墙挺好笑，柏林墙里有 1600 万东德人，350 万人跑掉了。赫鲁晓夫对东德的领导人乌布利希说，看样子我们不能以开放的边界与资本主义竞争了，如果不在封闭的环境中，我们的较量总是处以下风。所以准备了 485 吨带刺的铁丝网。隔离功能发挥效率，但仍有人时冒死逃离，1961-1980 年又跑了 17.7 万人。人们在问，为什么建墙的是东部不是西部，人们在问，凭一道封闭的墙，能最终战胜对手保护自己吗？1987年里根在勃兰登堡门的讲话说："戈尔巴乔夫先生，如果你还有良知的话，请打开这道门，请撕开这堵墙！"1989年匈牙利签署了联合国难民协定，大量的东德人取道匈牙利逃往西德，到10月已经有3万人出走，后来终于有了1989年11月9日勃兰登堡门上的狂欢。

我看过一张照片，上面好像就是你说的这个场景。

这就说明一个问题，你没有竞争力。原来说战争环境下没时间搞建设，现在和平条件下搞建设仍然不行，搞党内斗争很在行，和平年代还一茬一茬地杀人，到处建集中营。沙皇在1826–1903年处决政治犯不到900人，苏联建国70多年因政治问题处决了350万人，哪边好哪边坏老百姓自己会分辨。

说穿了，夺权、掌权——权力是第一位的，是命根子。其它都不重要，因而都是假的。

是的。在权力、意识形态、所有制这三个基本环节的排位中，权力是第一位的，是最不能放弃的，而且国家强大与人民自由并不是正比，经常是国家越强大，人民的依附性就越强，东欧人说，过去政府总是对我们说，国家的强大是我们根除不幸的保证，为了将来的幸福我们必须要忍受现在的苦难，可是国家强大的标准是什么呢？我们感觉到在强大的国家政权下人们遭受着比过去更大的不幸。

我听你说过理解东欧的“三把钥匙”？

曾经有人说解开东欧现代史有三把钥匙，第一把整个东欧国家一样的，就是指1947—48年，可以叫做“风云突变的1947年”，成立共产党情报局，结束人民民主阶段，至此两个阵营的对立形成，在斯大林“两个平行市场”的理论下，东欧各国原则上只能保持同经互会国家的贸易往来。第三把是1989年，这些东欧国家也基本上相同了。至于中间的一把，各东欧国家不一样，波兰是1980年，匈牙利是1956年，捷克是1968年，反抗体制的运动此起彼伏。

从纳吉和吉拉斯这两个人入手，打开了一个尘封了很久，很多人甚至忘却了的制度的鬼门关。此外，人们并不真的了解事情的来龙去脉，因为在我们国家80年代初之后，没有认真反思这件事情，更没有批判。

了解东欧国家，我对中国真的有点悲观。为什么说吉拉斯、纳吉是先知先觉呢？他们在冷战年代就已经有了与体制决裂的决心，这就很了不起。与“持不同政见”运动不同，那是在70年代，中间已经经过了赫鲁晓夫的“解冻”时期，以及赫尔辛基协议后的国际压力，所以说吉拉斯和纳吉这两个人的现实意义高就高在这里。

我完全赞成你给他们“先知”的定性。

这里还有个问题，我希望你展开说的，东欧知识界和它党内的改革力量是不是有种互动？

有的国家是这样的，比如匈牙利，纳吉几次下台身边都环绕着大批的知识分子，号称“纳吉集团”。他个人的道德感召力以及“六月政策”中要降低重工业发展速度，发展轻工业，以提高人民生活水平为目标，取消农产品流通限制，不要过早地实行农业社会主义改造，允许小私有企业合法化，加强法制建设，设立检察院，审理违法案件，这些政策都很得民心。“六月政策”的拥护者在纳吉身边形成了一个强大的体制外思想流派，大家对他是双重认同：第一是人格和道德认同，第二是政治认同，而且这种认同绝对是“铁杆”的。像裴多菲俱乐部也是知识界与党内民主派联合行动。

除了知识界和官方改革派的这种互动外，民众与政权的沟通，知识界好像也起到桥梁作用。就是民众通过知识界既可以在政权的层面上反应他们的诉求和一些情绪，反过来讲，执政党在几十年之内没有那么干净、彻底，毫不留情地扫除知识界任何可能的异见，甚至某种敌意，使得政权觉得，与人民如果达成某种妥协、和解，也要通过这样一个中介才能完成。

还有一点你可以看见，知识分子与工人的互动关系，像库龙、米齐尼克这些人对波兰团结工会来说是非常重要的，他们是团结工会的“智囊”。有了这个“智囊”的存在，就使团结工会的水平和眼界拔高了一个层次。因为大的政治变革当中，产业工人和知识界能够结合在一起的话，是非常有说服力的。像匈牙利，裴多菲俱乐部它可以把各种各样的力量集中在这个平台上，包括捷克的公民论坛，也是一个大平台，各个小圈子、小团体，什么独立作家笔会、马萨里克协会等等不同思想的组成，都可以通过这样一个“底线”联合而串联起来，不会出现一个社会一旦爆发危机时，要么哗众取宠激进得要命，要么理性的声音根本出不来，只顾一时一事，不考虑长远。匈牙利虽然已经做了一些，但大潮涌起的时候仍有鱼龙混杂的现象出现，苏联才有借口镇压纳吉。1989 年的时候东欧就做得很好，很多国家都避免了 1956 年匈牙利的状况，所谓“天鹅绒革命”就是一种和平过渡。1989 年东欧应该是一个奇迹，在人类历史上都是一个奇迹。

苏联解体也是一个奇迹，基本没有流血，非常和平。

他们的社会基础一直比我们多元，即便是共产党掌权也没有插到社会的各个角落，不可能这么彻底。波兰的一个特例就是教会的深入人心，在波兰，教会的合法性高于一切世俗政权，教会在所有人心目当中就是一个民族的“魂魄”，就是一个民族的替换词，民族存亡的时候，只要教会存在民族就有希望。怎么能拿掉教会呢？任何政权拿掉了教会还有什么合法性？统一工人党也不可能撼动教会的，宗教给人的超越精神超过共产主义的这种理想主义，即便是在经济转轨的这 20 年里，教会也是斡旋左右两派平稳交权的背后“推手”。

有一个更强的，更超越的力量在支撑着社会、人心。

这样一种牺牲精神是超越了世俗的此岸世界的，中国人没有宗教，而且中国人一旦断了饭碗、断了升官发财之路，就会像丧家之犬一样，大多数人只能投靠，当然也有有骨气的、叫人打心眼里敬佩的人，但在整个民族中所占的比例太低了。波兰人的勇气第一来自宗教传统，第二来自团结工会的组织有序，它可以做到什么程度？让这些工人领袖毫无后顾之忧地去坐牢。团结工会就是在这个过程中对经济转轨有了新的认识，团结工会刚开始只是要求政治体制变革，根本对经济转轨没有感觉，因为工会力量的强大是附着在大企业身上的，如果大企业私有化了就没有工会存在的意义了。被抓进去那些一线工人领袖，他们家属要吃饭，团结工会就自己开办一些地下黑工厂来救济坐牢人员的家属，在这个过程中，团结工会的人发现小打小闹的地下生意也不赔钱。所以就使得那些进到牢里的一线工人领袖无比坚定地“愿把这牢底坐穿”，少有卖身求荣叛变的。波兰第一点宗教传统，使得坐牢的人认为，我付出的这个理想比你那个正义、崇高，道德正义感一直就比旧体制的“气场”强大得多，所以殉难者为什么会有这么多。第二，我的身家老小没有什么可顾虑的，他们不会流落街头的，不会遭人歧视。所以团结工会，一线、二线、三线前赴后继，第一线进到牢里面的话，第二线马上就出来了，这是一个最典型的例子。

所以才会产生纳吉、吉拉斯这样的代表人物。宁可牺牲，也不屈膝。

尤其是纳吉，他本来有另外的选择，但是他勇敢地选择了死，在他最后的“政治遗言”中他把一切都看得清清楚楚：“我必须为我的思想而牺牲我的生命，我愿意奉献它，历史将宣判杀害我的刽子手，只有一点是违背我的遗愿的，将来由杀害我的人来替我平反昭雪”。

殉难者的精神尺度，应该还有别的来由，比如？

纳吉思想上主要是受布哈林的影响很大。你看“六月政策”，很多东西跟布哈林的思想有一定的继承性，但纳吉比布哈林对体制看得透彻，布哈林不算殉难者，基本上没有走出列宁主义的范畴，被一些人称之为“跪着造反”。纳吉也看到在这之前拉科西做的这些紧靠苏联的事情，遭到了整个匈牙利人民的唾弃。他们认为苏联人的社会主义与其说是马克思主义的，不如说是斯大林主义的，这种与本民族发展不相符合的本来就是“异质”的东西，匈牙利整个发展状况，人民生活水平下降等等，现实摆在这里。他很早的时候就说过，集体化你要搞下去就是个灾难。

这跟他在苏联呆了14年有关，与拉科西紧跟苏联体制相反的是，他把苏联体制的弊病看得很清楚。“这条路对那些曾经真诚地相信过、真诚地希望过、真诚地犯过错误和真实地想要挽救这个制度的人来说，更是痛苦和充满矛盾”的。所以这一点，我觉得是跟吉拉斯相像的是理论上他有一套东西，他是非常理智的坚定的，是真正的理想主义者。吉拉斯的理论性要更强一些，也走得更远一点，吉拉斯一套的理论推理下去，一步步从列宁主义推到马克思主义，发现这个体系当中有多少个这样的毛病。吉拉斯的反思最彻底，尤其是他是在冷战时代早期，1957年出版的《新阶级》已经展开了对马克思主义的批评，虽然当时没有从马克思主义的“合理内核”中走出来，最后一直到12年后的《不完美的社会》才明确宣布与马克思主义分道扬镳，成为持不同政见的先驱，他撰写的《新阶级》33年后才在南斯拉夫出版，可见他的前瞻性。

这是一个怎样的高度啊。在一个铁桶般，或橡皮囊般的环境中，机器人和货币人的精神只有低度，哪儿有高度？！

达到这个高度的没有。只有体制外的，体制内的没有。至少有两个原因，一是权力淘汰机制——越往高层善良的人越少，整个社会都被控制动员起来，使人不能在社会之外孤立的作战，在高压之下的人们都戴着面具生活，一旦松动就会出现大批的质疑者和反对者，会突发一种“羊赶下坡狼”的局面。一个就是它的善良淘汰机制，就是所有有点人道主义的、心慈手软的、所以有点良心的在党内激烈残酷的斗争当中，都早就出局了，我记得当时挑选捷尔任斯基作为秘密警察的头目，列宁说“要求有一双绝对干净的手去干这个不干净的工作”，可见布尔什维克党内也知道秘密警察是干“不干净”的工作。这个制度里很难产生思想家，因为要生存下去，任何新的思想必须第一步先把自己隐藏起来，这个社会抬高了侏儒，毁掉了伟大人物。这么残酷的政治较量中，既要做到很高的位置，又要有良知，而且还要具有理论素养，条件的确很苛刻，其实想一想，有时不需要太深刻的东西，有勇气把真话讲出来就足够了，勇气本身就是一种象征。

让我们向先知和殉难者们致敬！也向金雁致敬。

伯林问题及其两难

与钱永祥谈伯林

钱永祥　1949年生于兰州，随家人退台。七十年代初毕业于台大哲学系，后负笈英伦就学利兹大学。现就职台湾中研院中山社科所，台湾著名的《思想》杂志主编。大陆出版其著作有《纵欲与虚无之上：现代情境里的政治伦理》，译著《动物解放》，韦伯《学术与政治》。

缘起 >>> >>> >>>

以赛亚·伯林生于1909年，1997年去世。其学术工作贯穿二十世纪整下半段，其思想影响，波及整个世界，已持续将近六十余年，可以肯定，还将持续我们可以看到的未来。

他的积极自由、消极自由的思想，触及了近代关于自由以及自我的根本构想，不仅为自由主义思想开辟了前所未有的观念领域，且已经、正在，或必将深刻影响全人类的政治、社会与日常生活实践。

他的对一元论的批判，对多元论的阐发，虽引起巨大争议，但无法否认，世界范围各领域的实践，其主流，不可避免地在践行着他提出的思想原则。匈牙利思想家科尔奈在《思想的力量》个人回忆录中所坚信的主张，即“思想的力量”——“如果我不是对于思想就是力量的观点深信不疑，那么我一生的辛苦工作，便会丧失全部意义。”——是伯林全部工作及其成就的最好说明。

对话时值伯林诞辰一百周年，对他最好的纪念，就是重温他的著作，体味他思想的现实意义，之后向他表达敬意。

任何一位伟大的思想家，都是他全部经历，也就是他所处的时代及其境遇的产物，换句话说，脱离思想家产生的时代和他个人的特殊经历，我们无法理解他提出问题的由来与真义。伯林如此，科尔奈也是如此。伯林出生在被沙俄占领的里加（拉脱维亚首府），——它虽然 1919 年获得独立，但 1940 年又被并入苏联。他是犹太人。是富商的儿子。他随家人移居英国时，还在上小学。拉脱维亚独立前，作为俄国殖民地，也同样经历了苏维埃革命血的“洗礼”。“革命群众”当街对沙俄时代警察局长的私刑，给年幼的伯林留下终生挥之不去的印记。或可说，伯林关于自由的思考，正是以此为背景和底色而展开的。在整个欧洲知识人向左转向的时代，像雷蒙·阿隆一样，伯林是少有公开质疑俄苏政权本质的学者。如此立场，与其早年经历，有着密切关系。他的犹太人身份，与他出生地一样，也是理解其思想的钥匙。此不赘述。

伯林“写”过无数文字，获得过无数荣誉，也引起数不清的争议。但英国这个长于保守，极度尊重思想和思想家的国度，给了他终生的保护。当初选择英国，是父辈的决断。但对英国主张的价值与由之建立的制度的认同，则是伯林自己的选择。伯林的成就及深远影响，与他生活在英国，有着更加密切的联系。

请出贤人钱永祥先生，与我们一起重温伯林——他的问题，他的思想，他的善意警告。尝试再现思想的魅力与力量。

刘苏里

每次做选题的时候，我希望由访谈对象确定题目和书，我跟着读。这里面有一个好处，访谈对象可以把他希望用一本书承载的话题展开、延伸。

你选择谈伯林，我很高兴。今年是伯林诞辰一百周年。趁此机会，我们一方面纪念伯林，同时也希望有更多大陆读者重视伯林和伯林的问题。

伯林的主要作品，除《马克思传》，这些年在大陆基本出齐了。对一个现代西方思想家，这种现象挺少见。但有关伯林研究，除个别人，高水平不多。台湾或国际上的情况您一定很了解吧。

伯林不是系统性的思想家，除了那本早期的《马克思传》以外，他没有写过任何一本专题书。后来虽有一本章节延续分明的《浪漫主义的根源》，但那是演讲记录整理而成，也不算严格意义的专著。这跟他的哲学有关，他不相信体系，也没有兴趣发展出一套全面的学说，所以他不会研究某一个思想家、或者研究一个主题，就发展成一本书来。但即使个别的文章，例如最有名的《自由的两个概念》等等，影响都是很大，也很久远。那么用这种零碎的方式，单篇文章的方式，他到底有没有形成一个全面的问题意识呢？有的，那就是一元论与多元论的问题。越到晚年，他的文章就越常提到这个问题。他认为，从古希腊人以及希伯莱人开始，整个西方传统的思想有一种一元论的取向：就是相信所有的问题最后都回归到一个终极的解答，并且有一个正确的方法可以发现这个终极真理。在价值的侧面，人类追求的诸多价值，可以安排成一个层次井然而内在融贯的体系，不会冲突。这种一元论的传统长期支配着西方思想。相对于此，伯林主张所谓多元论。在近代，多元论表现在对于启蒙运动的反抗，他称之为“反启蒙”，这么一批思想家，上溯16世纪的马基雅维利，他觉得开启了近代的多元论意识……

对，他研究过一大批思想家，很多重要人物的研究，基本就是一、两篇文章。

对，即使最重要的《维柯和赫德》一书，也是一二篇文章组成。他把马基雅维利、维柯、赫德、哈曼、以及浪漫主义的一些思想家，描绘成反启蒙的思想家。启蒙运动是西方一元论的一次高峰，刺激出来反启蒙的思潮，就是对西方一元论的传统的一个检讨的机会。

总之，伯林触及这么多问题，谈到这么多人物，背后最基本的一个关心所在，就是他想把多元论的传统整理出来，发扬这个反一元论的传统。他自己主张多元论，想从这个角度来看人类思想的根本问题，这是一个对西方思想的新趋向。

我在阅读中注意到这个问题，就是何以伯林要打碎一元论的枷锁也好，梦魇也好，要建立起一个多元论的思想体系。我也没有特别把握住伯林这么做动机是什么。

论动机，我想跟他心目中20世纪政治经验是直接相关的。

包括他自己的经历，在俄国的经历。

他虽在英国长大，但很熟悉犹太人在俄国，在东欧，德国的遭遇。他的犹太人意识很强，所以对他而言，这个一元论和多元论的问题，首先是他对20世纪政治经验的一个反省。

值得注意的是，伯林一辈子关心的问题是一元论和多元论，但是他从来没有把一元论和多元论当成一个哲学专题直接去讨论。

我也没有看到他专门谈论这一主题的文字。

所以读者读伯林单篇的文章，比如讲自由的两个概念：积极自由和消极自由，到这停了也行。可是该篇文章后面三分之一，几乎又是在谈一元论和多元论。所以我们说伯林不是一个系统的思想家，他只从个别的思想家，个别的历史经验，个别的观点来整理一元论和多元论的冲突。

我想，伯林的问题意识其实也是逐渐酝酿出来的。伯林终其一生没有正面讨论一元论和多元论，但非常明确，这才是他终身的关心所在。“刺猬与狐狸”是伯林一篇文章的标题：刺猬只知道一件事，狐狸知道许多事。以前大家都认为伯林是狐狸，现在看来他实际上是一个刺猬，他一辈子只关心一件事。

其实，一元论和多元论作为一个哲学问题，非常棘手复杂。一元论或许容易自圆其说，但多元论会滋生几乎无穷的难题。一个流行的质疑是：多元论是不是就会导致价值的相对主义，从相对主义再来是不是又变成虚无主义、蒙昧主义？

我看你97年发在《读书》第四期那篇纪念伯林去世的文章，是触及到这个问题的。

没有错，不过那篇文章浅尝即止。真要深究，多元主义这个概念的理解要步步为营，要很小心。伯林自己非常明确的讲，他不是一个相对主义者。那么一个人又主张多元论，又不主张相对主义，这里面的逻辑问题与道德紧张，在哲学里面能不能好好处理？我觉得很难。我觉得伯林这个问题还没有解决。

今天读施特劳斯的人很多，常以为施特劳斯解决了伯林的问题，其实施特劳斯根本没有面对问题。施特劳斯他在主要的著作里面没有提过伯林的名字，只提韦伯，可是伯林也是主要对象：他以为多元－相对－虚无－蒙昧是一个逻辑上的自然发展，可是这当然是跳跃。刘小枫先生写过一篇文章讲过这个问题。

一元论和多元论的问题，今天还在扰人。这 30 年来，多元论几乎变成是政治哲学的共识。当今西方思想家普遍认为价值多元论是一个基本的假定，没什么好说的。像文化多元主义，后现代，女性主义等等，都是这个假定具体的表现。

各种亚权利的主张。

对，您所谓“亚权利”，也就是“局部”之不容整体凌驾的权利。但马上就有这个问题：既然多元，既然无所谓一尊，是不是就会变成价值相对论呢？

对，伯林这套东西要是推而广之，想深化它，在面对现实生活和选择的时候，特别是更大的政治制度选择，都可能会有这个问题。甚至他自己本身也公开的讲，如果在多元论的框架下，纳粹政权的原则也不能说完全没有道理，或者你得去理解它。

这是施特劳斯的话，他用这个话来批评伯林。

对，我认为伯林的原则搞不好会暗含这个东西。

是有人担心会有这个结论，但是我不以为然。

我读伯林，最想知道的是，比如在解决这个问题上，就是伯林留下的这个问题，现在整个国际学术界关于伯林研究，或者关于多元论的原则，在适用日常生活选择时，有些什么样的进展和说法？这个问题最后是个死结吗？

这是一个争议所在，但是主张多元论，并且有价值相对论嫌疑不止是伯林一个，另外一个重要的人物是韦伯。韦伯的想法独立于伯林。韦伯称之为价值多神论。价值多神论在韦伯那里是他的方法论与价值论思考的出发点。他从这里推出来价值中立，因为价值是如此多元，我们怎么可能奢望用一套理性的方法，用一套学术的方法去证明哪一个价值是正确的呢？所以他说学术要独立于价值，免于价值的认定。

所以我们现在面对的问题来自 20 世纪很重要的两个思想家，而且这两个人背后的传统相当不一样，却提出了同样的看法。这些看法是不是会有价值相对主义的结果？这个问题是今天西方思想界要面对的。

你刚刚问到西方思想对这个问题的发展有什么回应？我觉得响应基本上都没有成功。一种取向是沿着价值相对论的方向往下走。那最终价值的问题怎么解决呢？简单讲还是海德格尔的、或者尼采的、或者萨特：既然价值是一个相对的东西，不是可以用客观理性的方法来判断裁决的，便只好把价值的问题交给个人。个人如何解决呢？只剩下非理性的、生命的投入一途，我就认了这个价值，就要选这个价值。为什么我要选这个价值，不应该追问，因为追问不会有结果。为什么这十年二十年来，施特劳斯的思想引起这么多的注意？因为施特劳斯彷佛可以驳斥这种存在主义式的价值相对论。

在这一点上，施密特应该也是站在这一边的。

施密特在这个问题上，是走海德格尔的路子，他所谓决断论，我们选择什么东西，最重要的那是一个决断，而不是经过什么理性的辩论程序等什么的。相对于此，施特劳斯面对多元论的结果，面对伯林和韦伯的这种冲突，则建议回到古希腊，要去找自然正当。这是一条路。

第二条路可以用哈贝马斯为代表。他说，我们还是可以给理性找到一个位置，这个理性不是像过去一元论那样，像康德，或黑格尔相信有一个客观的、普世的理性寄身于主体的意识结构。这个理性是预设在我们的对话结构之中，所以他想发展所谓的对话伦理学。这是一条路。

另外一条路就是当代的自由主义，可以以罗尔斯为例。罗尔斯对这个问题非常自觉。他一再讲，在讨论制度的时候，价值多元论是一个事实性的前提。事实是什么意思呢？第一，这是一个显然存在的现实；第二，对这个事实的评价是次要的另一个问题。

首先你要面对它。

面对它，不必妄想去挑战扭转这个事实。面对这个事实的时候，我们对政治制度的思考便当以回避特定价值为原则。可以说，伯林和韦伯这个问题，是提出了 20 世纪很根本，很强大，并且在现实中间无所不在的问题。而当代的思想家想要对它做回答，但是没有一个人的回答是可以针对价值多元论本身，能够解消价值多元论。像施特劳斯回到古希腊，寻找自然正确。基本上他想要否定的是现代性，现代性的发展是一个错误，是灾难。今天要把这条路走回去，寻找古典时期的智慧。但是历史性的事实岂能如此说丢就丢？

这几乎是不可能的。

我个人认为这是不可能的。但在哲学里面说：现实里面不可能，并不代表在理论上就是错误的。在理论上还是得处理它。

还有像罗尔斯这种，他是回避的方法：把价值问题排除到制度的考虑之外。

另外一个像哈贝马斯的这种说法：还是肯定现代性，认为现代性所肯定的主体原则，只要加以妥当的理解，还是可以发展出一个方法，让不同价值观的人在一起共同生活，但是仍然保持批判的余地。

面对这个问题，当代有这几种不同的回应方式。像哈贝马斯的那种，我们或称之为“左派”的观点，因为他对价值问题怀有高度的批判意识，仍寄望于正面建立价值；罗尔斯这种是“自由主义”的观点，尽可能容忍最多的合理价值立场，不作调人；像施特劳斯这种是“保守主义”的取向，想要完全否定价值多元，寻找一种完全客观的绝对立场。你可以看到大家都在面对这个问题，但是我觉得都还不算理想的答案。

> 这里产生了一个问题，就是说我能不能把它称为这是一个困境。

绝对是一个困境。

> 既是理论上的困境，而这个理论上的困境也是从人类整个演变历史当中升华出来的。因为像这样一个严重的问题，我绝对不认为是脑子里面想出来的问题，意

思就是它有现实、日常生活和政治生活的对照物，也就是说，人类有文明的历史12000年，中国5000年，何以走到今天，最后被伯林提出了问题，陷在必须回应他的问题，又找不到答案的境地。

你刚才讲，施特劳斯把造成今天这样一种状况的原因归到启蒙运动，归到启蒙思想家。因此他想找的一个解决办法，回到古典思想家那去。但显然这条路是走不通的，至少我们还没有发现哪一条通道，可以沿着施特劳斯规定的方向，解决我们日常生活和政治生活中的问题。问题就在于如果这个问题不解决，我们可能就面临着相对主义：比如我们当下就有这样的说法，所谓普世价值，都是瞎扯，每一个民族都有每个民族不同的情况，都有所谓相对性，特殊情况。如此一来，我们怎么面对实际上人类犯了今天为止已经有的，关于权力的，各种各样的错误？或者说我们还是不断在理论上讨论解决办法，没有办法回应现实，比如多元论可能造成实际上的混乱，价值的混乱，等等。有些事物你甚至是很难面对的。

完全同意，这状况不是纯粹理论的问题，不光是哲学家在想的问题。为什么前面从希腊哲学开始，从基督教开始以后1500年，突然间跑出来多元论的思想？不是，那是因为原来的那种一元论思考方式背后有一个很现实的维系的力量，你可以说是宇宙的或者是超自然的权威，那个权威没有被人家怀疑。在希腊哲学里面，在伯拉图，在亚里士多德，他们认为这个宇宙，这个世界基本上有一个秩序，这个秩序他们觉得是一个本来就存在的东西，没什么好说的。于是问题就是：我们人类怎么透过对于这种自然秩序的了解，找到人类该如何安身立命，该追求什么价值。

除了希腊哲学，基督教的传统，则有一个上帝，有一个神在那里，神保证了这个世界是一个有秩序、有目的，庞大的存在。人在里面也可以找到神的意志，可以找到他自己该怎么做。这种超然的、绝对的，在人类所能理解范围之外的秩序源头，人类只能去追求它，认识它，而不可能创造它，不可能把它完全理解。这套想法，过去这三、四百年的西方，包括今天中国人，没有人相信了。这个宇宙、或者这个世界有一套超然的、大家公认的、超越的秩序？有一个神意的安排？我们不相信的。基督教一直面对一个问题：上帝如果是一个这么全能，全善的造物主，他怎么会容忍世界上的苦难？当年伏尔泰最有名的一篇著作，讲里斯本大地震，死了很多人，他就问：如果真有一个神，里斯本的哪些人犯了什么错？我们中国有大地震，你说这些死难的人，他们做了什么错事？碰到一场大悲剧，我们怎么还能相信一个超然的，秩序的源头，那个源头是具有某一些意义的？因为你面对这些灾难，这些灾难本身实在毫无意义。

今天，尤其是20世纪中，尤其是人类历史上，两次大战，经历了大屠杀，经历了那么多苦难，今天的人是不相信有一个秩序的超越源泉的。那这种情况下，价值怎么来的？人自己选的。秩序怎么来的？秩序就是人类意志的表现。这是走向另外一个极端。人不是那么了不起，人没有资格去相信自己选择的东西就是对的，人没有资格相信自己得想出一个秩序、想出一个制度是正确的。可是我们要问，一个社会里面，大家的想法不一样，族群与族群发生冲突，文化与文化发生冲突，宗教与宗教发生冲突，我们怎么样把它处理一下呢？如果不处理，纯粹靠武力、靠强者的力量吗？又不对。所以面对多元的现实，而又不能够接受这个现实,我觉得这是今天一个很现实的问题。

> 这难道不就是人类文明发展的宿命？在命定之前我们承认一个唯一的秩序，后来发现唯一的秩序不存在，或者人们开始怀疑，不相信它了，就像人类走出伊甸园一样，不知所归。而现实当中，我们能够看到的就是无论在西方发生的，还是包括今天在中国大陆发生的种种事情。善恶不清，是非不明。总之给我的感觉是混乱。

我把这个问题用强烈的方式表达出来，可是我觉得也许还是有点希望的。这个希望在哪里呢？伯林在晚年的时候，人家问他，你既然主张价值多元论，你是不是一定接受价值相对主义？伯林说：不，我是一个追求、相信普世价值的人。人家问他这个普世价值根据在哪里。他说他相信有一种普世的人性，这个人性不管你生活在哪一个时代，生活在哪一个文化，都有一些基本的需求和基本的向往。那现在就要问了：有一种普世成立的人性论吗？男人跟女人是不是同样的人性，黑人跟白人是不是有同样的人性？我相信绝对是有的。这个人性的寄身处在于我们的整个道德思考。我们在想自己该怎么样活、该跟别人有什么样的关系的时候，基本假定对方跟我有同样的感觉方式，有同样的喜怒哀乐忧惧的反应。你把这个假定丢掉的话，我们该怎么生活，或者我们该怎么样跟你相来往，这些问题就根本不可能陈述，遑论有答案。你看今天不同宗教的人在发生冲突的时候，基本上接受的假定就是，无论你是多神论者我是一神论者，或者我相信的是回教的神你相信的是基督教的神，我们都承认宗教对我们是非常重要的。接受宗教对我们是非常重要的意思是：我们追求一个神，这个神对我们有要求，也能够带给我们救赎。那对无神论来说，我不接受宗教，不接受神，但是无神论者至少也有一个假定，即在世俗的环境和交往中间，我怎么对待你，你怎么对待我，即使不假定神的律法，还是有是非对错的分辨。想想看，如果我们今天把是非对错的观念完全丢开，那个结果并不是每个人都可以表达你最高的个性，都可以舒张你个人最心底的愿望，不是。一旦把是否对错的观点统统拿开的时候，你自己的需求和你自己的愿望也变成毫无意义了。伯林这个讲法几乎没有办法做论证，他一辈子没有提出论证说：为什么我相信一个普世的人性。但是我相信，伯林自己也稍微提到一句，这是我自己思考的一个前提，就是说普世人性不是一个事实，而是一个假定，是前提，是预设，把这个预设拿掉，我们根本不知道该怎么思考与生活。就好象说，我没有办法证明有万有引力，我也从来没有真的研究过物理学说，但是我知道，我从 20 层楼跳下去就会摔死。这是我的假定。我看到一个人，我不需要去研究他的神经系统，就知道打他一下他会痛。我们生活中充满了这种不是我们用理性直接去证明、发现、确认的真理和事实。我们有一些基本的假定，使我们能够在这个世界里生存，使我们能够跟别人生活互动，使我们觉得自己的生命能有意义。这是假定，这种假定不可以被推翻的。所以伯林不去证明这个，我觉得有道理的。你怎么去证明？我没有办法证明有空气存在，我不需要去证明，因为我每天要做的事情是呼吸，我不会想到我现在是不是要呼吸，或者能不能呼吸，普世人性正是这样一种东西。我们要认清楚，人的生活、活动是在一个脉络、背景里进行，而这个脉络、背景是由普世人性来提供的。你把这些脉络、背景统统拿开，或者你说我要证明这个脉络，这个背景的正当性，那是缘木求鱼，因为人类的理性有限，我们只能在一个脉络、背景之内去思考，不要自以为可以像神一样跳出这样一个脉络背景，来检讨这个脉络背景是不是正当，是不是真实的。人今天不要再想去扮演神的角色，或者觉得可以像伯拉图、亚里斯多德一样去找出宇宙秩序的根源。因为我们是活在这个秩序之内的。如果觉得我们可以去发现、去了解这个秩序，下面一步，我们做什么？改变这个秩序？那就更可怕，更灾难。20 世纪的政治悲剧，起因之一就是有人觉得这个秩序的背景跟脉络不重要，他们自己可以弄一套背景和脉络，所以明明知道犹太人也是人，明明知道跟我们分享同一个背景和脉络的，他的喜怒哀乐，悲欢离合跟我们的感受一样的。但有人说他们有道德上的污点，跟我们不一样，要付诸火祭。这岂不是很狂妄的高估自己吗？

是，关于这方面的批评已经多到无法计数了。你刚才说的“决断论”，我们称之为“决定论”。我也很赞成你刚才说的那些判断。相反，我又看到，其实恰好在 20 世纪多元论兴起，以及最后形成潮流，也恰好是在这样一个巨大的思想背景下，甚至还包括思想社会政治运动，包括给人带来各种各样的现实的状况，在这同时，我恰巧看到另一面。你刚才讲的有这样一个基本的关于人性的预设，可是在人群当中，到今天为止也没有断绝，比如说有极少数的人不承认这个东西，不承认你的预设。他不承认如果仅仅在他的意念中也就罢了，他把这种不承认变成一种政治行动。我们能看到从希特勒开始，一直到波尔布特，总是要建立一个在他们意念当中产生的所谓的关于人类生活安排的秩序、制度、设置。造成的灾难我们都能看得非常清楚。

这里头我还是觉得，如果分开讲多元论，谈它的原则的时候我是赞成的。可是反对多元论的人也有他的道理。的确，如果多元到我们什么都不承认，甚至连相对都没有了，这也是非常可怕的。尽管你刚才讲，我们有某种预设，还是那个问题，有人可以不承认你这个预设。

我觉得一个社会里面，在一个历史的经验里面，当然充满了这种我们称之为“狂人”的人。

问题是这种狂人……

这种“狂人”不只是少数像希特勒，或者像波尔布特这种人。我们回头看看，不承认说这种普世的人性，回到200年之前，白人认为黑人没有这种人性，所以才会有把黑人变成奴隶；男人也不承认女性，有一样的人性。你看历史上的分辨，希腊人跟野蛮人，基督教和异教徒，欧洲人跟野蛮人。历史上这种歧视都否定共通的人性，用这个作借口压迫其它人。这个事实历史上没有断过，我也不相信今后会断绝。

但总的趋势你是不是觉得越来越好？或者基本上在解决……

对于不同社会之间，对于不同种族的人，对于不同性别的人接受、承认，这是一个总的趋势。19世纪英国有一位思想家勒基，他有一本书叫做《欧洲道德进化史》，里面有一个观念：人类的道德意识之进化，像是一个不断扩张的圈子。他的意思就是说人在开始的时候，都是对自己身边的人，对自己的家人、亲人，同族人，同一个信仰的人赋予道德地位，然后把这个圈子之外的人，视为跟自己不一样的，加以歧视。所谓道德的发展，就是把这个圈子扩大，所以他称之为 expanding circle。我愿意用这个观点来看，过去 200、300 年来人类历史的发展，就是越来越能承认与接受圈子外面的人和生命，把他们纳入我们关怀的圈子，是跟我们平等的人，这个总的趋势是有的。但是历史总也有逆流，总是有人不愿意接受这个趋势。但是总的趋势我还是比较乐观的。如果我们把价值多元论纯粹看成是一个理论问题、哲学问题，我觉得会有你刚刚讲的情况，就是你可以找各种理由证明自己比别人高明正确进步。同样，相对主义也可以找到很好的哲学证明。可是就是在实际的道德生活中间，我们决定自己该干什么，该怎么跟别人交往的时候，我们基本的假定不是这样子的。我们基本的假定是说：即使我碰到的人我并不喜欢，但是我还是知道我要有一种方式跟他互动相来往，而这种方式至少得是公平的。所以总的趋势我说是乐观的。

我刚刚说过，当代的思想家，没有人直接釜底抽薪的解决多元论的问题。但在这个过程里面，至少有像施特劳斯指向一条出路，或者像罗尔斯，找办法绕开这个问题。罗尔斯很简单地讲，价值选择是个人的事情。相对而言，社会制度不能受某一种价值观的指挥、指导，不是受某一个终极的目的指导来设立的。简单讲，社会制度本身不具有目的，社会制度旨在让个人在其中里面追求他自己的目的。

更像是工具?

可以说工具，但我更愿意称它为一个架构。你有你的想法，我有我的想法，重要的是这个制度让每一个人能够追求自己的目的，不要去妨碍人。这是罗尔斯的回避方法。我觉得对于价值问题，对于价值多元论的问题，这是一个该做的事情。

第二层次，把这个纯粹制度的问题先排开的话，我接受价值多元论，但是同时我认为不同的价值之间的确有品质的高低可以分。为什么？伯林或者韦伯给人一种错误的印象，以为我选择某个价值来信仰，纯粹只是一个信仰的事情，纯粹是我的选择。没有错，它是一种选择，但是不要忘记，选择是有背景的。我选择当学者，您选择当出版家，这些东西对您、对我是有特别的意义的。你在万圣书园网站上曾经说过，书对你而言是有很特别意义的。以万圣这种方式经营民营书店，在今天的中国，在今天的北京，在这个读书人的圈子里，你觉得它有特别的意义。这一些考虑、感受、动力促使你做了选择，你做了一个卖书人。并不是你今天早上起来坐在那里没事干，说我去开一个书店吧——人不是这样做决定的。伯林和韦伯没有去分析选择本身是怎么一回事。如果去分析，正视选择之前的考虑、动机，那么由于这些考虑动机等等是有不同的道德质量的，所以选择之间也是有价值高下之分的。一个人每天好吃懒做，醉生梦死，这样子一个生活，我们看来觉得不好。如果照纯粹相对主义来看的话，没有理由说这种人不好，这不是他的选择吗？我想讲的是，人有一些可能性，把这种可能性做越高质量、越大程度的发挥，就是一个比较成功的人生。生命是有糟蹋与善用两种可能的。糟蹋生命，把人的可能性、潜能性扭曲淹没了。我们会觉得可惜。

我相信每一个我们姑且把它称为真实的选择，真实意愿的选择一定有一个比通常人们看到的更深的考虑的。

我想每一个人都有。

真正碰巧的，或者我只能如此的那种其实不多。

那就是存在主义，萨特的那种想法以为选择基本就是我今天早上起来心血来潮，决定要干什么。人不是那样做选择的，那种人的图象，就是把选择太过于简化的一种结果。

但是进一步说：在这个社会里面，多数人也许真没有太多的选择机会。我们因此就要问，这个社会制度，这个社会的资源，是不是真的让很多人无法做选择？一个偏僻农村的小孩，他的选择真的是非常少，那为什么都市里面一个中产阶级的小孩选择就比较多？他就比较能做出真实的选择，而在偏远农村贫苦农民的小孩，也许环境就真决定了他的一辈子。这中间的差别，不是在于人性有多大的差别，而是这个制度不公道，在这里，制度层面的问题是要严肃考虑的。一个好的制度，至少得让社会里面尽量多的人有机会去发现自己，去利用环境，追求自己的理想，本着自己的意愿做选择。这就是制度的问题。

站在人类立场上言说

与郑也夫谈凯恩斯

郑也夫　1950年生于北京，北京大学社会学系教授。1978年考入北京师范学院历史系读书，1979年考入社科院研究生院宗教所，1982年获哲学硕士，1985-1986年在美国丹福大学社会学系读书，获社会学硕士。先后在北京社科院、中国社科院、人民大学、北京大学供职，曾任中央电视台“东方之子”主持人，“实话实说”总策划。著有《走出囚徒困境》《代价论》《信任论》《被动吸烟者说》《抵抗通吃》《沙葬》《吾国教育病理》等。

缘起 >>> >>> >>>

凯恩斯，是除亚当·斯密之外，在中国大陆最知名的经济学家了。可他的名声，比起斯密，真是天上人间。对他的攻击，来自左右两个阵营。左营骂他庸俗，右营说他社会主义——他主张政府干预经济。我无意对两营攻击做出评价，也缺少专业工具。但直觉告诉我，两营对凯恩斯的攻击，皆出于偏狭的意识形态主张（左营）和幼稚的专业主义（右营）。对凯恩斯的蔑视和错觉，最直接的后果，就是凯恩斯出版于1919年的《和约的经济后果》，90年后才有汉译简体字本，和斯基德尔斯基出版于1983年的巨著《凯恩斯传》（三卷本），至今无缘中国读者——它的简写本（2003），已于2006年由北京三联书店推出，证明这一疏忽是多么不应该。

凯恩斯生于1883年，卒于1946年，在世63年，怎么说寿数都太短了。1914年，他31岁，一战爆发。此后32年，他与这个世界二十世纪最悲惨的一段命运相始终——一战，二战，两次大战间歇，其间布尔什维克革命、巴黎和会、经济大萧条、希特勒上台、斯大林大清洗、日本侵华，以及二战后的世界格局安排。还好，他未目睹46年后人类一系列匪夷所思的政治实践——他只要再活10年，二十世纪大格局，便彻底展现他眼前，他又该当如何“预言”与“劝说”？

把凯恩斯只当经济学家看，是认识他的最大误区。凯恩斯小马克斯·韦伯19岁，长亚历山大·科耶夫19岁。韦伯只活到56岁，科耶夫1968年去世时也才66岁。三人所属国籍，该不是特别巧合——老牌帝国英（凯）法（科）德（韦），占全。凯韦共同经历一战，凯科一起历劫二战。从三人的成就，看不出家庭出身的绝对影响，历史机缘，让他们怀抱巨大的使命感，带着非常学识，冲进历史现场，游走在政治与学术之间，展现了知识人、思想家在历史进程中的姿态。他们的非凡勇气和无以伦比的天份，给后辈留下了咀嚼不尽的遗产。

凯恩斯恰好居中。他的《和约的经济后果》，是欧盟早期思想来源之一，如同科耶夫《法国国事论纲》成了欧洲煤钢联盟的母本。他的《预言与劝说》，绝对是凯恩斯版的韦伯《政治著作选》——就像韦伯警告德国人要做一个政治上成熟的民族一样，凯恩斯劝说人类的“后代”们，在基本需求解决后，应该转换生活目标。

1918 年，凯恩斯作为英国政府财政部代表，参加了巴黎和会。他无力阻止凡尔赛和约对德索赔中具有灾难性政治风险的条款，愤然辞职，花三个月写下了《和约的经济后果》，——被熊彼特称为凯恩斯最伟大的著作。书中他给欧美政治家和民众算了笔帐，并论证主动压低索赔，对欧洲乃至世界和平，有百利而无一害，警告贪得无厌将导致不可挽回的后果。他的呼吁，受到舆论普遍欢迎，但无法扭转局势。无奈，全世界只能等着灾难降临的一刻。希特勒正是拿凡尔赛和约说事儿，煽动德国人对英美全面复仇情绪。希特勒得手，灾难终于来了！

1930 年，凯恩斯发表写于 1928 年的“我们后代在经济上的可能前景”，预言再过 100 年，人类将彻底解决困扰数千年的基本需求问题，但它来得太快了，人类可能因来不及转换生活目标而处于“休克”状态。他劝说，人类要提早想好，什么是好的生活，有益的追求，只有如此，人类才能走出传统经济发展思路，避免因炫耀财富而导致整个文明的衰败。1928 —

2009，八十多年过去了，凯恩斯惊人的预言即将实现。但他的劝说，我们听见了么？

今我们请来郑也夫教授，大家一起重温凯恩斯的预言与劝说。

刘苏里

选择凯恩斯，一定是他的某些思想，以及这些思想背后的姿态，打动了你。

在这本书（中译本《预言与劝说》，英文书名 Essays in Persuasion）中他自己说："不幸的是，预言相对于劝说较为成功，但是撰写其中大部分文章的主旨是在于劝说。"作为一个高度关注现实的思想者，劝说大都失败了是很悲哀的，比如说二战应验了凡尔赛和约的不合理，造成了复仇。凯恩斯愿意其预言应验吗？当然不愿意。

凯恩斯比韦伯还"惨"，韦伯预言应验，他只看到一次，1918 年德国战败，他跟凯恩斯一样也参与了德国战败后的安排，但他没看到德国第二次失败。凯恩斯却看到了第二次。

熊彼特说凯恩斯一身二任，一方面是经济学家，一方面是一个公共意见领袖。我们俩既不是经济思想史家，也不是经济学家，是两个杂家。在杂家式的阅读当中正好撞到凯恩斯的那些"劝说”，所以我们谈的不是经济学意义上的凯恩斯，而是作为公共意见领袖的凯恩斯。

> 把凯恩斯作为先知看有一点夸张。但我认为他就是先知型人物。至少他是一个非常重要的哲人。哲人和思想家、学者有重大不同。哲人能够明察当下的情况，对未来可能的结果，洞若观火。哲人一般会隐晦表达自己的意见，你们这帮人听得懂听不懂，我不在意。凯恩斯与一般哲人不同的是，他一边做学问，一支脚踏在政治的漩涡中，不断提方案，预言不断应验，也还是没人听。这种游走在政治和学术之间的生存状态，看似悲哀，可我认为这正是凯恩斯比一般哲人还要高的地方，他有使命感，有比一般哲人更强大的勇气和责任心，1946 年他参与设计布雷顿森林体系，身心交瘁，大有知其不可为而为之的气概。

面对这样一个大人物，我们的一次谈话覆盖必然只是我们感兴趣的那一部分。我们就以他两个作品为核心，从中可以看出来，他的关怀比经济学家大太多了。《和约的经济后果》关注的是一战后，如何善后，如何把欧洲各国以及美国的关系摆平。

> 他是基于欧洲，乃至人类立场考虑问题的。

对，里面固然有很多账需要经济学家来算，例如赔款数额，但其实是政治经济交融在一起的一件极大的事情。他的关怀，特别是我们要讨论的另一篇文章“我们后代在经济上的可能前景”，指向人类的命运，人类文明的走向。这种关怀不是一个种好自己三亩地的经济学家能够想象的。

> 最好的学者一定会走到这一步，或走到这一步的学者才是真正的好学者。

也有就种三亩地的好学者，我们也得承认他的地种得不错。但凯恩斯这样宏大的关怀是他们绝对不具备的。

> 比他早一点的如韦伯，或晚一点的如科耶夫，比较近的，像史华兹，他们共同的特点，是内心都有这种大尺度关怀。一点差别是，史华兹从未出现在政治现场，其他三人：韦伯，凯恩斯和科耶夫，始终保持对政治现场的观察，甚至就在第一线。

做经济学出身的关怀文明的时候，脚底下好像更实在，言说人人都能听懂。

> 《和约的经济学后果》在欧美卖了10万本，极为可观！

而且译成十几国文字，这是不可思议的事情。所以熊彼特说：即使他没有做过纯经济科学的研究，这一本书就可以奠定他的历史地位。熊彼特还说：有同样胆量的人没有这个见识，有同样见识的人没有这个胆量，所以这本书获得了世界声誉。“胆识”的关系他没有往下说。我觉得“胆”和“识”是两个东西，但很多时候是合一的。你要是没有一点胆量，有时候你就没了见识，因为你想都不敢想。这是一种人，我觉得是多数人，就是跟着流行的想法。第二种人智力太好了，想明白了，而后沉默。还有第三种人，认知上很芜杂，说不清其中每个人是无见识、有见识，还是完成了自欺，反正他们认定既然社会潮流如此，站在潮头才风光。具体说，他们往往站在民族主义的潮头，但民族主义是双刃剑啊，其负面作用是很大的。

> 我把持这种姿态的人通通命名为“伪民族主义者”，他们要么幼稚可笑，要么别有用心。

说到根本是“伪”的。但其中一些人完成了“自欺”，所以好像很由衷。但不管怎样，没仗打的时候在民族主义的大潮下唱高调，是廉价的英雄。比如你朝日本大使馆的玻璃上扔几块石头，就算英雄？你敢去帮助弱者维权，抵抗权势者吗？

> 当时整个欧洲，战胜国的政界不要讲，几乎全体战胜国的民众一致认为要对德国进行严厉惩罚，首先是索

取巨额赔款。凯恩斯却站出来警告这种情绪可能造成的严重后果。

真正进入那个时空，才能理解他的胆识。他提出一个是压低德国赔款数额——和约定下的是49亿英镑，凯恩斯认为要低于20亿。同时以他的智力当然认识得到孤立地提这个建议是无效的。他理解各国的处境和心态，除了与德国的赔偿关系外，协约国之间还有账呢，比如法国欠英国、美国各50亿。如果从德国那里没有得到高额赔款的话，拿什么钱来还英国、美国呢？意大利、比利时、塞尔维亚也都欠债。这不是难题嘛。于是凯恩斯提出，美、英两国应该放弃债权。这不是出卖英国吗？这样的英国经济学家怎么面对英国人民呢？但是欧洲的和平只此一解，赔款数额太大了，德国拿不出来，只是播种仇恨。

对，凯恩斯还劝说美国人要宽宏大量。

劝说美国放弃19亿英镑的债权。而压低德国的赔款，英国自己就少得了，而且还要放弃9亿英镑的债权。放在当时的时空里，凯恩斯的勇气是非凡的。这个人非常诚实，劝英国要放弃9亿的时候，还说不要夸大我们的牺牲精神，实际上我们牺牲的不是9亿，而是4个亿，因为我们借给俄国5个亿，俄国已经变成苏联了，那个债务泡汤了。但是4亿也不得了。反过来想，我觉得他其实也是一个爱国者。只是他认识到英国的利益不是孤立的。

> 他是大爱国主义者，最大的民族主义者。真正的爱国主义和民族主义者，如韦伯和凯恩斯，都有着眼于长远目标为本民族谋利的特质。

方案后面是他深层的经济学思想，他认为经济生活中，一方持久的获利只有在双赢中获取。不能说今天我们胜了就好好宰它一刀，他要复仇的。这就是经济学家们说烂了的“双赢”。但在关键时刻，只有凯恩斯能够深刻理解，在国际社会中必须贯彻“双赢”，单赢是没有的，绝对是一报还一报。

> 有意思的是，当凯恩斯勇敢地把他的想法和盘托出，除个别舆论对他有批评，欧美的民众，包括战胜国的民众，是普遍欢迎的。

理性的力量，理性是可以打动民众的。还有一个反差非常耐人寻味，一方面巴黎和会是肮脏的分饼，残酷地宰割战败者，凯恩斯撼不动巴黎和会。但另一方面一个英国思想家可以写出和发表这样异端的东西，可以嘲笑英法美意政治巨头，不受迫害，而且获得国际声誉。这说明人家国内自由言论的历史有 100 多年了，思想家的言论在英国是畅行无阻的。这是极大的反差，国际关系是丛林政治，但是到国内是不迫害思想家的。这也是值得 100 多年后的中国深刻反省的。

> 英美政治，国内与国家间的政治实践，看似两个标准，像是存在一条巨大的鸿沟，其间有政客的摆弄，恐也有外行人看热闹的误解吧。否则凯恩斯即使不被当成卖国贼，至少也是无良学客，遭人痛骂。可他的书，一卖 10 万本。

在舆论界《和约的经济后果》的反响和声誉是巨大的，可是当时的国际关系和政治格局还是撼不动的。他在《和约》里头描述：克雷蒙梭把德国人看得跟魔鬼差不多，认为德国人只懂得军事威慑，不懂别的。这些政治家的思维方式构成了恶性互动，一时解不开，这个难题最后解开，二战后才开始，欧盟的成立才告终结。但是凯恩斯播下一个种子：除了双赢，欧洲的事情无解。这个思想终于在欧洲发芽。

我觉得他对人性的理解非常深。所以能设计一个站得住的制度。比如他说："我认为这类债款的赔偿至多不会超过几年，因为这类支付既不符合人类的性格，也不符合时代的精神。"儿子怎么可能甘心长久地为父亲赔款！制度建设一定要符合人性，不同的人对人性的理解很不一样。我觉得专制者对人性的理解也很深刻、刁钻，很能利用人性的短处。希特勒、斯大林，对人性的理解都有过人之处。但是凯恩斯对人性的理解跟他们不一样。

理解一样深刻，因势利导正好是两个方向。

专制者是要利用人性的弱点。凯恩斯是靠着认识人性达到双赢，以人性作制度的基础。扭曲人性的制度不能持久，可持续一定要靠人性承载。

极权主义者利用人性弱点，大力实施恐怖统治，损害了民众的尊严和创造力，也使自己陷于不仁不义、无德无行之境，结果是双输。

他们利用人的恐惧完成他要完成的事情，抑制了反对派，抑制了不同声音。斯大林对下属游刃有余，在认识人性上他们很卓越。

凯恩斯的思考不是无根的，是建立在对人性的理解之上。

小一点的经济学家可以算账，顶级的经济学家能够洞察人性，没有对人性的洞察力，算了半天账大家都不服气，随时要掀桌子。今天不掀，几十年以后还是要掀的。

作为政治过程的观察者和参与者，凯恩斯能从当中跳出来看问题，对战胜国政客和民众发出警告，也该归在你刚才说的“识”里面吧？

这个“识”是很宽的，既有当下对难题的解答：压低德国赔款，取消相互的债务；还有对后果的展望。

他不仅有意见，有看法，同时还能出方案，且非书生之见。具备这种能力的知识人，极为罕见。

没有论证扎实的、可操作的方案，要被民族主义者的口水淹死的。

后来也有人讲，他的方案出来后，造成了战胜国对德国赔偿的要求背上了道德重负，最后德国实际上也没赔多少钱，但恶果造成了。

仇恨在心里种下了。

这中间有一个落差，凯恩斯证明了一种方案的正确，但却没有矫正凡尔赛和约本身。

为什么矫正不了，其实作为一个后代人看这个事情，这个题目还是很难解的。我觉得首先几大政治巨头在操作层面是不能接受的。比如像克雷蒙梭会认定，他面对法国人民，赔款拿得越多，得分越多。

事实上他最后也没拿到多少赔偿。

拿得到拿不到另说。在和约的纸面上写出来他就觉得够牛的了。多数政治家是比较短视的，看不到、也不去看十年二十年后的经济后果，甚至人家不可能生产出那么多东西，能不能拿到赔款都不在乎。最牛的就是赔款写上和约了，我是当下的法兰西英雄，政治家要这个光环。

更不可思议的是，索赔的执行力度特别差，德国人如不缴纳赔款，也没什么有力的惩罚办法。四巨头带一大帮人跑到巴黎，搞了几个月，却是这么个结果：恶果造成了，但好处却没拿到多少。

这就是自欺欺人。什么叫做政治家的作为，他怎么理解他自己的作为，其实他们常常蒙人的，给法国人民纸上写出一个赔款数，这就叫“政绩”。

这里面的教训有多大呢？到今天，是不是同样还存在着？

绝对存在，我给你弄出这么大一个数字，一年百分之几，那百分之几是怎么堆出来的呢？种种办法，泡沫多的是。政治家玩的把戏跟江湖变戏法差不多。

可造成的后果是真实的。这个后果不会忘记你，虽然你忘记当初说什么干了什么。

他们只看当下，凡尔赛和约一签，法国人民说好牛，就完了。凯恩斯揭破了政治家神圣的光环，直到今天仍然意义巨大。

《和约的经济后果》也是一本现实政治教科书。

对。很少有人到现场和政治巨头长时间面对面，三个月后把这些政治家描绘得绘声绘色，所以这本书畅销也是有原因的。普通老百姓多愿意读啊。说克雷蒙梭“对他来说，唯一有价值的就是法国，其它一切都毫无意义。”说好听了是对法国忠心耿耿，说不好听了对世界文明这是很可怕的。

对。所以我们常讲，一个好的政治家确实还要受到启示，才能成为一个真正的大英雄。

你特别重视凯恩斯编在《预言与劝说》中那篇文章。

不同的版本，翻译得不一样，这个书里头叫“我们后代在经济上的可能前景”。

七千多字，内容非常丰富，请你给读者作个简要介绍吧。

这篇文章是1930年发表的，1928年就写好了。一开头就提出一个预言：人类100年内将解决自己的经济问题。此前都认为经济问题是人类永恒的问题。不光是人，整个生物界都是忙吃食，从来都没有解决。经济问题的解决是史无前例的。这个预言太大胆了。他说，三个因素会延缓经济问题的解决：对人心的控制力量，避免战争和内讧的决心，把理应属于科学领域的事务交给科学来解决的自觉意愿。他说，经济问题解决后，整个人类的价值观将完全改变，因为之前的价值观都建立在生存挣扎之上，人类的价值观将重组，瞬间会出现心理休克。人类有两大需求：绝对需求和相对需求，前者即将得到解决。以前我们的主要精力都放在经济上，以后应该放在非经济目标上，使生活艺术化，他还说，重要的是有益性，不是有用性。因为经济问题解决了，不要老在炫耀。他最后一个观点是："不要过高估计经济问题的重要性，不能为了它假想的必要性而在其他具有更重大、更具有持久意义的事情上作牺牲。……如果经济学家能够作出努力，使得社会把他们看成平凡而又胜任其职的人，就像牙医的地位一样，那就再好不过了。"

凯恩斯的预言到今天80多年了。中国此前经济问题迟迟不能解决，就是凯恩斯说的第二、三原因：战争和内讧。中国二战后就是内战。凯恩斯说的内讧还比较狭义一些，他想象不到中国政治运动的方式，本民族人大规模斗争本民族人，干扰了中国近 30 年。还有大跃进，完全把属于科学的事情不交给科学来处理。就两大原因导致中国经济问题滞后五十多年，造成巨大的苦难。最终，凯恩斯的预言还是对的，大势所趋嘛。到今天眼看着经济问题越来越不是最大的问题。我的老朋友周孝正可以证明，改革开放不久我和他说：经济问题不难，就是一代人的事情，日本的案例非常生动，1945 年是一片废墟，到了 60 年代已经极其繁荣了。只要国内政治不糟糕，解决经济问题就是一代人的事情。因为我们跟以前不一样，现在科技太发达了。到今天为止，看到凯恩斯的预言即将实现，应该全面反省，不要老拿经济说事，多么严峻什么的。经济问题此前是一个极为艰巨的问题，到了二十世纪后半叶，经济问题不难解决。

我大概是在世纪之交的时候读到这篇短文，受到震撼。这么老早就预言到了。但这个预言长时间被全世界遗忘了。

> 凯恩斯的预言有两个基础，文里讲得清楚：一个是科学技术的发达，一个是资本的积累。他的预言，言之凿凿，确实令人震惊。

经济问题终结的预言 65 年后得到了回音，里夫金写出了《生产的终结》。凯恩斯提出的绝对需要和相对需要，48 年后 Hirsch 将相对需要发展成更能够望文生义的“地位需求”、“地位商品”。很多人绝对需求解决了，现在是为了显示地位而烧钱。我没有算过账，现在全世界创造的财富除以全世界人口，其实那个数字是挺大的。

76 万亿左右，人口 67 亿，人均一万多美金。

乘以 6.8，人均年近 8 万人民币。别人会说，老郑你提的思想非常陈腐：均贫富。均贫富是做不到的，靠外力和暴力都是不行的。我想说的是什么时候富人能从心里发现炫耀地位是没有意义的。温饱解决后我们很长时间还沉浸在旧时代的思维当中，还要拿物质来炫耀。炫耀的心态国人最重。说难听点，我觉得中国人是小人乍富，所以面貌可憎。

你有没有注意到，奥运结束后，咱们把奥运旗帜传给英国的时候，英国人说了一句表面含蓄、其实尖刻的话：我们英国办不出这么豪华的开幕式和奥运会,好在我们并不要证明什么。一点不假，我们在竭力证明什么。

每一个人都想证明什么，各级政府就更别说了。

拿什么证明，拿烧钱来证明。我要说，你什么也证明不了。因为证明说到根本，是证明人的品性，民族的品性。品性有两种：道德和才能，当然还可以包括建立优秀制度的能力。烧钱岂能证明才能和道德？

这其实是一个常识。比如说，我们不能拿财富的多寡来证明一个人成功与否，幸福与否。可是为什么……

你说这是常识，但是实际上在每一个餐馆和消费场所，人家就觉得拿物质来证明才是常识。

我刚才说的那个常识，到你说的这个常识，是如何过渡的？

首先提一个命题，是凯恩斯没有说到的，炫耀是人的本能，要显出我比别人出类拔萃，这是一种本能。在这个前提上我要说的是，不要拿物质来炫耀，我们都拿才能来炫耀，要完成这个过程有艰巨的路程要走。这应该是整个文化的提升，造成人们心理的转变：不拿财富说事。这里面有一个互动，别人拿1000块钱吃一顿饭来炫耀，这个姓郑的靠唱一首歌来炫耀，受众接受什么，很可能佩服1000块钱，不服唱歌。如果受众都不服你，你唱什么啊？只有受众接受才行，这样大家才能越来越重视唱歌、写诗、拉琴，下棋、打球，等等。因为大家饭都吃饱了，你总说你吃了多少钱，那有什么好牛的，脂肪、蛋白质吃多了要得病的。但是这个转化过程貌似容易，实则需要艰巨的文化努力，就是要改造“心”。把“心”改造后，就不要搞均贫富了，均贫富靠革命是完不成的，只有靠内心的转变。内心的转变有一个前提是生产力，他确实吃得很好了，才可能转化到不在吃的方面去铺张。现在全世界人均都八万人民币了，还铺张什么呢？换个东西炫耀吧。所以凯恩斯说现在生产进步太快了，发育阵痛。可是人们的思维方式、炫耀方式还沉浸在旧时代，于是就看到了荒诞，看到大规模的烧钱。民间有句俗话：穷得就剩钱了。

人的品性的进步，比什么都重要，德性有问题，经济问题永远解决不了。

所以我跟老周说，只要政治上不犯错误，经济上一代可以致富，但提升人的水准，人的审美水准、才华水准及生活的品味，太艰巨了，比致富难多了。这种认识什么时候才能进入政治家的脑海中，我不知道。

我认为有两股力量可以起到抑制作用，一是走在最前沿的精英阶层的示范效应，二就是政府的示范效应。可事实恰好相反。如果各级政府把办公楼盖到五星级宾馆一般，财富阶层花费无度，知识人一天想着住300平米的房子，你让民众怎么想？

你说到老根儿上了，时尚永远是下面看着上面学，没有上面追着下面的。连猴子都是这样，学猴王。上面这个认识如果彻底完成了，盖出的县衙门……

你看美国的县衙门是极不起眼的……

我有一次坐车穿过内蒙古一个县城，那个县衙门跟白宫一样。

类白宫在我们的官府所在之处，可说比比皆是。

因为我们过去穷得时间太久了，自己不断告诉自己是东亚病夫，我们老是急于要证明什么，个人要证明什么，国家要证明什么，拿什么证明？都是拿财富证明，拿豪华的仪式来证明。现在我就是想通过我们的言论慢慢影响社会，一定要明白如此证明不了什么。

只能证明自己有多么可笑和无聊。

他是一厢情愿地觉得能证明什么，你看我国家多么强大，多牛。当然你说得残酷却是事实，实际上只能证明出可笑、荒诞。

北京奥运跟伦敦奥运将构成一个鲜明对比，跨越四年。此前是新帝国办奥运，而后是老帝国开办。看两个帝国对仪式的理解，看两个帝国如何向世界展示自己。

还是回到凯恩斯这篇文章。文中提出这样一个问题，人类实现第一个目标后，还能干什么？他讲了两个故事，很有意思，对我们有很大启发。我们现在重新规划我们的未来，还来得及。真正可怕的是今天往后，我们不仅不为我们10年的错觉反思，而且在这错觉基础上再大踏步前进。设想一下，再前进20年，再炫耀20年，能想象到可能的后果吗？我相信我们想象不到，甚至不想想。但欧洲人感觉到了，他们有过教训。你在几年前就呼吁这件事情，过度的消费会导致人性的败坏。

品性下降，最后大家穷得就只有货币了。

这个结构现在慢慢呈现出来了。

这个“伟大的”示范效应在加剧，现在炫耀的人比如是百分之一，百分之九十九的人在那看着，就觉得我也得炫耀一把，这戏我也得唱一把。这样的话，烧钱还有完吗？

每十年解决百分之一，还得炫耀多久。还有，谁能保证炫耀过的人不再炫耀了。这个故事在中国会有终结么？不改，只有一种可能，一天早上起来，突然发现，哗啦，全部跨掉。

对。实际上本质的问题就是大家要认识到什么叫生活好。你以为房子大好，这么多人都成房奴了，还好呢。听说斯德哥尔摩大部分的居民的住房每户 100 平米以下。这个数字对中国来说应该是震惊的，人家是老牌富裕国家了。有些活动可以在户外去解决嘛，比如咱们俩在这谈天儿。家里搞这么大干吗？社会上 3—5% 富有阶层的人还可以更大，但你说中国人普遍追求 100 平米以上的居住面积，荒诞了吧？三口之家，要这么大干吗？不当房奴，剩下的钱你可以干别的用，可以旅游。搞这么大，开发商最高兴，它与你实质的生活质量没有关系。

> 这一巴掌不能仅仅打在开发商头上，开发商被什么引导着？靠土地财政支撑着的各级权力部门，才是真正的祸源。

我们全社会绝大多数力量都在营造着这个大故事，GDP，发财致富，大房子。要给这个事情不停地泼冷水。所以凯恩斯说了，经济问题是小问题，经济学家像牙医一样。这话太好了，绝对是振聋发聩。这话朴实到极点，跟当红经济学家天差地别。

> 转身来思考这个问题，我们总该有个解决办法，使得在解决了绝对需求之后，能在生活品质、价值追求和道德水准等等跃升一个台阶。

开药方前，要先学人家的姿态和立场。凯恩斯的劝说大多失败，可是他仍然是乐观的。《和约的经济后果》结尾的一段话说得极好："欧洲当前的命运已经不再掌握在任何个人手里，来年事态的演变不取决于政治家处心积虑的所作所为，而取决于处于政治历史表面以下的、不停流动的潜在趋势，而趋势的方向没有人能够预料。对于这种潜在趋势，我们只能通过一种方式加以影响，那就是动员那些能够改变舆论的、具有教育作用和扩大想象作用的力量。我们所必须坚持的方法就是坚持真理，破除幻想，消灭仇恨情绪，并进行教育，开阔人们的心胸和提高人们的理性。"

恐怕真正承担这个角色的还是社会的、草根的精英阶层。

思想家、智者，其实这么说高了点，凡有此共识的人都要承担。权势者一直在吆喝他们的 GDP，好生活，大房子。我们也要一同吆喝我们的理念。

首先知识人要吆喝，并率先垂范。

巴黎和会他们几个巨头不是一直在吆喝赔款，人家凯恩斯喊出了不同声音，别管和约改变没改变，凯恩斯吆喝的声音盖过了四巨头。所以我们现在也要喊出我们对生活的理解，什么是好。这个声音要大，要盖过他们，要提升品质，提高人的身心的品质。

我觉得知识人之外，还要加上财富阶层。

我们会越来越赢得人心，赢得不同职业，不同性别，不同阶层人的心。

这些年不是没有人在倡导健康生活，但在社会更广泛的群体中很难引起反响，我觉得如果不从根上解决……

其实有两个根，一个根是认知上，原来你解决不了吃饭问题，物质是第一要紧的，生产是第一要紧的，这个门槛很难跨过去，但跨过去就完全不一样了，就不该烧钱了，大家少干点活，我们消费不了那么多东西，这是一个认知。但是社会很多人的行为是不过脑子的，是随潮流的，所以要改变潮流，改变时尚，你改变时尚以后，多数人就跟着新时尚走了。

其实这个置换也是精英阶层最容易完成，因为精英既有炫耀财富的能力，也有炫耀才华的能力。你让底层人炫耀才华，当然也有，但精英应该更胜任。你们上层人都开始炫耀才华了，底下人就会跟着走的。一定要经过我们的声音让精英阶层换戏码子，不能再烧钱了，没有意义，荒诞。明白了这个，不信东风唤不回。

还有一点需要指出，西方表面浮华下面一直隐藏着一股健康力量，中国人没有学到，倒学了不少在西方人眼里都是很败坏的东西。我们今天应该深刻反省这件事情。

比如说对一些大师思想的光大。中国有无数职业经济学家，我们两个光大的是这个东西，就我阅读所及，这么多年了我没看到中国学者光大凯恩斯这两个作品中的思想。

它们确实不是简单的经济学著作。今天读起来，觉得有巨大的现实意义。建议所有能读懂字的人都去看看这两篇东西。

这个东西不是一个典型的经济学家的产物，也说明凯恩斯不仅是一个经济学家。

经济学只不过是他的一个工具而已。

对。而后一个作品不是专家能够提出的，相反不是深通经济学的人，如果有思想也可以提出后一个文章的观点。

君主与美德

与刘小枫谈《君主论》

刘小枫　1956年生，四川重庆人。1978年入四川外语学院，获文学学士学位；1982年入北京大学，获哲学硕士学位；神学博士学位。现任中国人民大学文学院教授，博士生导师，中山大学“逸仙”讲座教授。主持大型翻译工程“经典与解释”，二十余年译事努力，担纲翻译介绍外国作品达百种。著有《诗化哲学》《拯救与逍遥》《这一代人的怕和爱》《沉重的肉身》、《圣灵降临的叙事》等。

缘起 >>> >>> >>>

《君主论》以及作者马基雅维利，五百年来，颇有争议，经典说法有两个，一曰作品开启了西方政治理论近代转向的闸门，一曰作者公开教导统治者只顾手段不问德性，开西方厚黑统治术之先河。

对马基雅维利(《君主论》)的毁誉,与毁誉者的头脑所处时代,有密切关系。当人们对政治权力的认知囿于神学藩篱,无法对政治与道德加以区别时,《君主论》的主张,当然成了"为达目的不择手段"的代名词。政治作为一项技艺,似乎为近代以来共识,但操作者是否可完全脱离道德的约束而为之?换句话说,现当代"君主"执政,是否可以不顾及政治的伦理维度?

有趣的是,马基雅维利《君主论》,中文简体字版历年问世十几个版本,像是颇受坊间读者欢迎,跟奥威尔《1984》差不多。是商业动机,还是别的什么原因?

小枫是谈论这些问题的合适人选。

刘苏里

我想你一定注意到了,国人对出版马基雅维利的《君主论》,似乎有特殊喜好。我简单统计了一下,近10年各种版本的《君主论》有12个之多。但中国学者真正下功夫研究、解读的文字,与之不成比例。这之间的距离,应该如何解释?

马基雅维利的《君主论》不仅国人特别喜好,洋人也特别喜好,这本小书娓娓道来,至少看起来浅显易懂,属于不断重印、不断有人喜欢读的一类书。不过,这还不是本书独一无二的特色,有多个中译本而且看起来好读的洋书并非仅此一种,尼采的《扎拉图斯特拉如是说》就有好些中译本，08 年又有两个新译本面世。《君主论》独一无二的特色在于：作者在书中公然教诲“凶德”。就读书界而言，同样独一无二的是：一本公然传授凶德的书博得人们的普遍喜好。有次出差，我在机场书店见到有个《君主论》中译本堂而皇之专门推荐给商界人士，似乎书中讲的那些心狠手辣、背信弃义、善搞阴谋的事情颇值得经商人士借鉴。

至于少见中国学者真正下功夫研究、解读它应该如何解释，我想，这与我国学界接受西学的习惯有关：向来不重视原典解读，唯一的例外是马列原典。如果我们对荷马、柏拉图以降的西方原典也像解读马列原著那样下功夫，我国的西学面貌肯定大为不同。顺便说，虽然《君主论》已经有上十个译本，据我所知，迄今还没有一个译本可作为研究用文本。潘汉典译本（商务版 1985/1994）非常认真，译者为了翻译专门自学过意大利语，但这个译本仍然问题很多，好些句子很生硬，这与译者没有从西人注疏入手来翻译相关。我手里有个 1995 年的意大利文本，属于一个平装袖珍普及版的 Classic（经典系列），笺注占全书一半篇幅，还有长达近五十页的导言。后来的中译本都是从其他西方译本转译的，转译未尝不可，只要原译好，中译不走样，也不错（比如冯克利从英文转译的《论李维》）。从法文转译的高煜译本（广西师大 2002）是其中佼佼者，但由于也不是以笺注带翻译，仍然不足以作为研究文本。其他译本就不提了，有的简直是搽烂污。目前，如果要认真读这本书，最好用 Harvey C.Mansfield 的英译本（The Uni. of Chicago Press 版 1985/1998），这个译本不仅精审，还有重要语词的英—意对照索引，对细究《君主论》的用词很有帮助——在这本书中，马基雅维利大搞混淆是非的把戏，惯用手法之一便是独出心裁地歪用常用语词。

> 我知道你专题讲过《君主论》，在你主编的“经典与解释”丛书中，也选了马基雅维利的解读作品。我想，许多人跟我一样，希望分享你的研究心得。当然，如果你能顺便谈谈今天阅读《君主论》的意义以及进入马基雅维利的门径，那就再好不过。

老兄真是舍近求远，再好不过的门径是施特劳斯的《关于马基雅维利的思考》（申彤译本，江苏译林版 2003），万圣书园就有卖。“经典与解释”丛书没有解读《君主论》的专著，甘阳同志和我主编的“西学源流”丛书中有一本《马基雅维利的事业》解读《君主论》，很快面世（编者注：该书已于 2009 年 7 月出版，2015 年 1 月再版），“经典与解释”中有一本解读《论李维》的专著，过了春节就面世。（编者注：该书名为《新的方式与制度——马基雅维利的 <论李维> 研究》，已于 2009 年 3 月出版）

我的确讲过近一个学期的《君主论》，但后来发现，读《君主论》不如读或者说必须先读施特劳斯的《思考》，因为《君主论》有毒，但我们不清楚作者在书中怎样下毒，施特劳斯告诉我们，老马怎样下毒。我又用了整整一学期与同学们读《关于马基雅维利的思考》，果然收获非常之大……

> 有人说，《君主论》是外行看热闹，内行看门道，或者说，《君主论》常常给人以误解，很容易让我联想起跟儿子学的一个英文字conspiracy——统治的conspiracy，这是为什么？

可以说“外行看热闹”，但不能说“内行看门道”，就《君主论》而言，恐怕没有哪个读书人算得上内行，除非这人天生有凶德，因为这本书在传授凶德。《君主论》是在施教，目的就是要把外行教成懂得施展凶德的“内行”，把清纯的人教成坏人。更可怕的是，接受教育的大多是喜欢读书或干大事业的人，他们被教成这样的“内行”时，还以为自己懂得了何谓美德。因此，这样的书惹得来“外行看热闹”，恰恰不是好事。

> 据说，在《君主论》里，马基雅维利给读者出了难题——复杂的叙述结构，隐秘的暗示，相反的论证，等等。趁今天高兴，你给断断案，或帮我们指一条破案的线索，就称它是《君主论》“小枫破案法”，如何？

《君主论》的确叙述结构复杂，充满隐密暗示，指东说西、张冠李戴，不一而足。但我没有能力破解，因为，马基雅维利的笔法是从西方古典作家——具体说，从古希腊－罗马经典作家那里学来的浅显笔法，除非我已经对古典作家的笔法非常熟悉，才可能略知马基雅维利的笔法。施特劳斯非常熟悉古典作家的笔法，所以他才能破解马基雅维利的笔法。这里的问题在于，古典作家的浅显笔法用于传授政治美德，马基雅维利借用浅显笔法传授政治凶德，不先熟悉古典作家所传授的政治美德，我们即便懂得了浅显笔法也没有用。马基雅维利把凶德说成美德，这才是要害，从而标明了一个重大的现代性问题：人类的教师［哲人］的品质变了。施特劳斯指出了一个让我们感到惊骇的事情：现代的政治学者大都以马基雅维利为宗师，这无异于说，如今的政治学界以一个堕落了的哲人为老师——更让人惊骇的是，我们对这个应该感到惊骇的事情已经一点儿不感到惊骇了。

你的说法倒让我有些“惊骇”了，愿闻其详。

人类政治生活的道德秩序离不开教育。教育者首先得接受教育，接受谁的教育？我们如今接受的大多是马基雅维利的学生们的教育，比如伯林，他说马基雅维利的思想是自由主义的原创性思想；比如斯金纳，他说马基雅维利的共和自由主义应该成为政治哲学的基准。你当然清楚，伯林或斯金纳的书在万圣书园卖得有多火……

马基雅维利的父亲是法学博士（律师），特别喜欢古罗马史书；马基雅维利本人早年在弗罗伦萨受的是古典主义的大学教育，没念过政治学或行政管理，毕业后 29 岁出任国务秘书长达十四年（1498 — 1512），作为外交官三十次出使，还致力于创建国军（废黜雇佣军）。读古书容易让人思想深远、目光大器、言辞雅致，如今念政治学或行政管理专业，出落成办事员已经不错了。

> 天时、地利、人和也。但那个时代以后的读书人，代有出息者。只是我们这个没什么出息的时代，养出一大帮读书只为稻粱谋的侏儒，甚至津津乐道于加入没出息的治理行列。还是个寻私利的动机。可我不解的是，这一笔烂账都要算马基雅维利的头上？

《君主论》就是在施行教育，这本书看起来是献给君主的，其实作者要教的是有抱负的青年，而非君主。我们不妨看看《君主论》的献辞怎么说。

“献辞”分两个自然段（按意大利文本，潘译本为 5 个自然段，曼氏英译本为 3 个自然段；高译本没分自然段显然不对），实际上共七个句子（意大利文本有句子编号）。第一句说，要觐见君主总得带上“自己认为最宝贵的东西”（潘汉典译文，下同，个别语词有改动）；第二句就说，作者觐见君主带上的是“我认为最宝贵和最有价值的”东西，这就是“对伟大人物事迹的知识”[azioni delli uomini grandi]——请注意，单提伟人的“事迹”，没有提到品德。马基雅维利把“知识”[la cognizione]看作“最宝贵和最有价值的”东西，可见他不是凡人之辈。以此作为觐见礼带给君主，同时也表明君主没有这样的“知识”。老兄知道，无论在中国还是西方，最早的王者都不需要这样的“知识”，因为他们自己就是“伟大人物”。“伟大人物”之所以“伟大”，首先在于具备好的品德和才能，“事迹”是其结果而已。有历史“事迹”但品德不佳，算不得“伟大人物”。老兄也知道，早在古时候，好些王者已经算不上“伟大人物”，但也很难说就是小人，因为他毕竟成就了自己的“事业”——我们古人称为“霸王”。于是，关于什么是“伟大人物”应该具备的好的品德和才能，就成为智识者探究的对象，从而形成了相关“知识”。在西方，拥有这种“知识”的人最初是诗人，然后是哲人。马基雅维利有这样的“知识”，表明他不是古老的诗人一类，就是古老的哲人一类，或者集两者为一身的那类。

哲人要求君王向“伟大人物”学习，或者王者必须接受传统政治美德的王政教育，这是古传习惯——如今我们已经没有或者说不再需要这样的习惯，因为，当今的王者在当王之前都接受过现代式的大学教育。我记得，改革开放之后，中共中央组织部研究室选编过一本书，题为《古人谈从政育人教子》，由北大出版社出版（1987），印了五万多册，内容以元代张养浩的《三事忠告》（牧民忠告、风宪忠告、庙堂忠告）为主，“供做领导工作的干部阅读”，配上颜之推《勉学》、诸葛亮《诫子书》、韩愈《师说》、颜元《学辩》、魏源《及之而后知》和彭端淑《为学一首示子侄》，“供从事教育的干部”和“负有教育子女义务的干部阅读”——总之是干部得阅读。干部是什么人？干部就是牧民、从事教育和负有教育子女义务的人。

马基雅维利要带给君主的是《三事忠告》一类的知识吗？

才不是呐……他说，自己带上的“知识”是他“依靠对现代大事 [cose moderne] 的长期经验”钻研“古代大事”[delle antiche] 而得来的知识。换言之，老马要传授给现代君王的并非古代贤明的教诲，而是他自己研究古代大事的心得，立足点是“现代大事”。这里明确划分了古与今，而且是有意为之——《君主论》全书形式上显得老派，内容却很“现代”，各章标题用的是传统的学术语言（拉丁语），行文却是当时的意大利语俗语，这种做法本身就不寻常。

马基雅维利接下来强调，自己的这些心得来之不易，是自己“多年来历尽困苦艰危所学到的”。还说自己这份大礼没有眩人耳目的“装饰”，言辞简朴，其珍贵全凭“内容新颖和主题重要”——这似乎在暗示，这本书的表面形式与内容很可能不一致，没有“装饰”可能恰恰指的是装饰巧妙，要心思细密的读书人留意。

接下来，马基雅维利说，自己身居卑位，竟然“敢于探讨和指点君主的政务”，绝非“僭妄”，不过有如风景画家，为了考察“高山的性质”[la natura de’ monti]而侧身低地，为了考察“低地的性质”[quella de’ luoghi bassi]而“高踞山顶”……

> 这里打的比方是随意的吗？高山和低地是否有什么喻意？

老兄问得真好——高山比喻君主，低地比喻民众，因为行文随之就说：君主应该认识“人民的性质”[la natura de’ populi]，人民应该认识“君主的性质”[quella de’ principi]。

> 我想问，马基雅维利处身何处？他自己在高山还是低地？

老马说自己身居卑位，显然在低地，但他明显不是民众中的一员，因为他拥有民众并不拥有的“知识”。按照西方古代哲人的说法，拥有非同寻常的“知识”意味着从低地上到“山顶”，上去后要么再也不下来，要么再下到低地——我相信，老马懂这套古传道理。

那么为什么马基雅维利要说自己在低处，被题献的君王在高处？

老兄这算读进去了——老实说，我也拿不准。马基雅维利的意思有可能是，被题献的这位君王虽在高处，其实根本不懂何谓“高处”，因此当然也不懂何谓“低地”。整篇献辞行文非常浅显，但如果留意的话，老兄会发现一些并不浅显的语词，比如“知识”，尤其这里说到的“性质”，都是哲学语词——

难道马基雅维利献书给君王是要他学哲学？梅迪奇殿下会像老马一样，把关于“性质”的“知识”视为“最宝贵和最有价值的”东西？不会罢？

老兄跟咱想到有一块去啦！“献辞”对君主毕恭毕敬只是假象，而且梅迪奇并非真实的题献对象……

那会是谁？赶紧说来听听，别绕弯子啦……

苏里老弟，不是我在绕弯子，是老马在绕呵。如果的确另有真实的题献对象，老马自己会曲笔暗示。你看，“献辞”最后在恳请梅迪奇殿下垂青这本书时，老马提到殿下得到“命运女神”[la fortuna] 眷顾，同时说自己运道不好——这无异于说，梅迪奇当王不过因为运气好而已，其实没什么才干。如果与前面马基雅维利说的自己“多年来历尽艰辛所学到的”知识相比，我们可以看到，马基雅维利意思是，当王应该凭的是有才干和能力，而非凭运气。如果不信，读读全书结束教诲（第25章结尾，26章是装饰）时的一句话：“命运之神是一个女子，你想要压倒她，就必须打她，冲撞她”……

写得妙吧？“献辞”已经表明，马基雅维利在这本书中会大搞表里不一。这里我们必须想一想，“献辞”是题献给梅迪奇殿下的，从而《君主论》本是私传品，但全书又明显是作为著述来写的，从而是供公开流传的教诲。既然如此，这本书的真实预设对象绝非已经掌握政权的梅迪奇殿下，而是还没有获得政权的其他人——

哪些人？

江山代有才人出——任何时代都会生出来的有抱负的人，这种人才会与老马一样，把“对伟大人物事迹的知识”视为“最宝贵和最有价值的”东西，而且会不畏“困苦艰危”。这种人如果按照马基雅维利在这本书中传授的心得，就有可能当王。于是，我们可以说，马基雅维利是想从事教育未来的新王这一使命。教育未来的治国者是古老哲人的事业，就此而言，马基雅维利是个哲人，但他传授的教诲全然有悖于古老的德政教诲，提出了现代式的当新王的行为准则和道德要求。

那么，我们作为现代之后的读者该怎样来看待他的心得呢？

《君主论》这个书名已经表明作者要传授的是当王问题，也就是如何取得政权和如何统治的问题，从而涉及到民人及其生活方式。进一步说，讨论当王问题必然涉及政治共同体应当过一种什么样的生活——古人称为“牧民”。可是，谁会思考这样的问题？民众？从来没有见过。君王？古老的圣王如周公、梭伦、摩西、吕库戈的确思考过“我们应当过一种什么样的生活”问题，因此，起初王者与哲人没有分离（想想古希腊传说中的“七贤”）。但后来的王者大多不会去思考这样的问题了，于是王者与哲人分离，在统治者（王者）与被统治者（民人）这两类人外出现了一类少数人，我国古代称为君子，这种人得通过修身达致“明明德”（参见《礼记·大学》），不仅有劝导王者的责任，也有教育民众的义务。咱们儒家传统把君子与治国者在次级制度上结合起来，这就是古代的臣（百官），古罗马政制传统也如此（比如从西塞罗到昆体良建立起来的修辞术教育传统）。古代君子中的少数圣人早已懂得，王者大多靠偶然的运气得到政权，人民是否遇到一个德才兼备的王者，也得靠运气；既然如此，唯有通过道德政治教育培育出百官，才能使得政治秩序尽可能稳定、祥和。

“君主论”这样的题目，表面看来是在施行传统式的德政教育，实际上传授的是反德政的新王所需要的才干和凶德，因为老马在书中改变了古传的高地与低地的上下关系。现代自由主义引导智识人去采纳低地的旨趣和爱好，而非君子或圣王的旨趣和爱好，就是老马教的——说到底，现代智识人的如此心性转向，根子就在马基雅维利的这本小册子《君主论》。所以，伯林和斯金纳推崇老马为现代自由主义鼻祖，一点儿没错。

> 我已经听糊涂啦。我肯定，关于马基雅维利的讨论，还只是个开头。

《1984》何以开出《美丽新世界》

与止庵谈奥威尔与赫胥黎

止庵　1959年生，重庆人。1982年毕业于北京医学院口腔系。当过医生、记者和公司职员，搞过出版。著有《樗下读庄：关于庄子哲学体系的文本研究》《苦雨斋识小》《神奇的现实》《周作人传》《河东辑》等。整理出版过鲁迅、周作人、张爱玲和废名的作品。

缘起 >>> >>> >>>

奥威尔的《1984》，出版于1949年，至对话时整60年。作品描写的制度形态及其种种表现，比作品本身的寿命似乎还要顽强，所以重温它，依然有着现实意义。

自《1984》诞生以来，全球不知出版了多少种版本，总计销量超过5000万册（2003年）——与作品带给人类的震撼同样惊人。中文简体字版，自1985（内部）、1997（公开）以来，大概不少于8个版本面世，也属少见；但二十多年来，真正研究者，也属少见。

《美丽新世界》（一译《美妙的新世界》），1932年问世，至今77年。其重要性或不亚于《1984》，但在国内的出版、阅读、介绍、研究情况更叫人遗憾。本期对话嘉宾有言，赫胥黎故事中的美妙世界，正向我们走来，或就在我们眼前，只是我们还不曾感知而已。这个美妙的新世界，只在很远很远的地方，有少量野蛮人保留地。它是一个非人的世界。那里的人，不再是胎生，而是按设计经孵化器成批生产的。那个世界，满足了人类有史以来梦寐以求的追求“幸福”的愿望。没有战争，没有饥饿，没有苦恼（有也通过几克唆麻便可解决问题），当然也没有思想。那里，连总统都是孵化出来的，权力有限。起作用的，是见不到的制度——制度比（非）人重要。因而它有了绝对性。

《1984》的日子好像谁都不愿意过，可偏偏许多人身处其中而不自知。《美丽新世界》的日子，可就难说了。

《1984》，把人类世界的事儿，穷尽了，尽管残酷。《美丽新世界》，说的不是人类的事儿，容易被忽略，也在情理之中。《1984》的世界可怕。《美丽新世界》可能更可怕，且无法回避。

我们请止庵先生，跟大家谈谈他眼中的《1984》和《美丽新世界》。

刘苏里

我这两天看泰勒的《奥威尔传》，里面有些说法挺有意思：在英国，人人谈论奥威尔，50年以来无不如此，但“英国的大众并没有被他死后50年的神圣化而感动”，在他们的心目当中奥威尔还是一个凡人。坊间还有一种说法，就是50几年来，把奥威尔说得没有什么可说的了。今年是为奥威尔赢得广泛声誉的《1984》出版60周年。我个人觉得奥威尔这个话题还远未结束，起码对于我们来说还有未挖出来的一层意义。我同意你在《从圣徒到先知》中的意见，就是不能太注重《1984》中有关具体事物的“预言”。但是我相信奥威尔有另外一层更根本的意义，我在你那篇文章中也读出了这一层。能不能利用这个机会再把你理解的奥威尔，给当下的读者说说？

我看过两部根据《1984》改编的电影，都不大成功。我从中发现了一个很有意思的现象：当把书中的事情具体化的时候，就显得很简单，也很单薄，甚至不真实了。奥威尔这本书我第一次看是1985年，到现在已经24年了，其间看过不止一遍。我只要有机会就推荐这本书，这你也知道。有人问起对我影响最大的书，我想了半天还是举出这本。为什么呢？因为我觉得这本书在中国并没有受到足够的重视，虽然它理应受到这种重视。其实我们的话题有两个意思：一个是世界意义上的奥威尔，一个是中国意义上的奥威尔。比如一个英国人理解奥威尔跟一个中国人理解奥威尔应该差别很大的。我是说作为中国人，我们至今还没有很好地理解奥威尔。波兰的米沃什曾对《1984》由一个英国人写出感到遗憾。这句被一个苏联人转述过。我读的时候，同样有这样的感觉。《1984》在欧美都是课外必读书，它的销量特别大，就是因为上中学就要看这本书。回到中国，我这么强调《1984》，就是因为我觉得它在中国实际上没有起到多大作用，除了在知识界个别有点反应之外。

它的出版史有些波折，但接受史很怪异。

基本上不太被接受，印量不是特别大，摆在书店里，未必有多少人问津。我觉得奇怪的是，《1984》涉及的问题我们并非不关心。我记得前几年有一次参加朋友聚会，有位老先生非常兴奋地谈论章诒和的《往事并不如烟》。我当时说，在您感兴趣的那个方向上，走到头是百分之百，《往事并不如烟》大概才写了百分之一，我们由此可以想到百分之五，这样您就非常激动了。但是我告诉你有一本书，早已写到百分之百了，就是奥威尔的《1984》。您一辈子都想不透的东西，他已经早替您解决了。

接着你的话，我希望你展开一点。显然这样一个出身伊顿，受过很好教育，家境虽不富裕，但毕竟是英国的中产，一定是有一些特殊的经历，特殊人生的体验，才使得他不仅写出了《1984》，还有《动物农场》，还有《向加泰罗尼亚致敬》，像是一个系列。

这个系列还可以往前倒，《通往维冈码头之路》，还有《伦敦巴黎落魄记》，再往前是《缅甸岁月》。

我觉得这中间有一个很重要的转折点。

我曾经写过一篇文章叫《从圣徒到先知》，我觉得奥威尔兼有这样两种身份。但是我看他的传记，实际上并没有完全解决其间那个转折点的问题。

你是不是有认为有前后两个奥威尔？或者不止两个？

其中一个我称为圣徒奥威尔，他极力要过苦行僧那样的生活，一生都有意识地找罪受，找苦受。

你是从这个角度上而不是从年代划分上？

奥威尔直到临死还是圣徒，他最后住在那个岛上，过的日子是根本没法过的，他肺病那么厉害，在那地方基本就是找死，他就是这么一个人。我认为圣徒奥威尔是一生的，但是先知奥威尔出现得很晚,最后几年里,他写了《动物农场》,特别是《1984》,变成先知了。

我想问一个问题,是不是因为他是左翼,你才称他是圣徒,还是他就是圣徒,这里面没有什么左右翼之分?

左翼不左翼本身没有太大意义,但有一点,他不想做富人,要做穷人,做一个受苦的人,这点肯定是左翼思想。西方有这样的想法,并且这么做的,不止他一个人。

他自己表述过,他想维护的或者被他自己定义为所谓的社会民主主义,跟当时第二国际(伯恩斯坦那些人的社会民主主义)不完全一样。他的社会民主主义,核心价值就两条:社会公正和自由。你说他是左是右?

这两条我觉得最重要的还是第一条,社会公正,这绝对是针对资产阶级的。我确实认为,一个社会如果把不公正当成口号来宣传的话,那将贻害无穷。这一点奥威尔在缅甸时已经想到了。

那你认为后来的奥威尔只追求自由了吗?

不是,他的自由首先体现为个人的独立存在,社会公正也落实在这上面,一个人在社会中构成一个存在,他不是“我们”,

而是“我”。

有尊严地活着。

他不是一部机器的一部分，一个附属品，或者一个符号。这就是社会公正。做不到这一点就没有公正。

二战和二战结束之后，苏联角色转换的背景对奥威尔非常重要。

所以这个时候他必须说话了。他作为先知登场了。什么叫先知，我可以解释一下。我说的圣徒是现实意义上的经历或者一个人的遭遇，或者一个人的自我要求，或者……

精神境界吧。

对，精神境界。而先知是什么样的人呢？只有很少的人才称得上是先知。站在起点，必须能说出终点的话才叫先知。比方说我们看《圣经》，《传道书》说：已有的事后必再有，已行的事后必再行，日光之下无新事。这些话我觉得很像是一个石像所说，而不像人说的话，因为它直接把人类历史终点的话都说了。他告诉你人类永远就是这样了，这就叫先知。像我们这样说半截话的都不能叫先知。朋霍费尔也可以说是先知，他说愚蠢不是一种智力缺陷，而是一种道德缺陷。大部分人不辨善恶，所以少数人可以故意为恶。而且这种愚蠢不能通过教化来解决，根本就没法办。这就是先知的话。

就是一下子把话说到底。

是的。

在中国这样一个状况下重读奥威尔，我想有这样一层意义在里头。

也许我们接受不了百分之百，但有关这个问题，你真是不能再说什么《1984》没有揭示过的了。所以我觉得看这本书，不要只看具体写到什么，它从本质上揭示了一切。

我们能不能这样理解，在很大程度上，后来苏联的结局以及整个欧洲的结局，跟《1984》都有关系？还有，如你所说，这本书像一个中国人给我们中国人写的书，但却没有引起我们的足够重视，换句话讲，没有起到《1984》在欧洲那样的一种作用。

苏联后来的解体当然并不是因为有了《1984》，但是《1984》至少使得铁幕以外的人不再相信苏联代表着人类的方向了。

我说的就是在这个意义上，起码苏联体制在欧洲蔓延的可能性，很大程度被这本书遏制了。

我觉得这本书真正的历史意义在这里：有个东西，当时大家虚幻地认为它是人类可能应该走的一条路，奥威尔告诉大家，这是一条危险的路。大家明白了，就不走这条路了。

这个我完全同意。

当然我说不能只看具体写到什么，但最初读的时候，这本书的具体内容，还是给我很大震撼。尤其是那个开头。写打算去掉一个人，不能只从现实中去掉他，因为他在历史中存在，还要在历史上去掉这个人。温斯顿的工作就是干这事。谁不行了，就奉命从过去的报纸、杂志、书籍，各种影像中删除这个人。我自己对历史一向很感兴趣，后来我发现，我们的历史竟然就是被温斯顿删改过的，真是一塌糊涂。举个例子，苏联文学我原来看了不少，但是读了一部《苏维埃俄罗斯文学》之后，看到这书上写的我大多都不知道；我知道的这本书上大多一笔带过，甚至连提都不提。这给我很大打击，我发现我原来的整个的文化背景都是假的，实际上这个背景后面藏着一个真的东西，而我以假的为背景了。中国文学也是一样。我对文学很感兴趣，但我原来知道的人除了鲁迅之外基本上不值得一提了。我不知道的人，比如周作人，我直到 27 岁才开始读他的书。张爱玲也是很晚才知道。

还有好多人，到现在大部分人都不知道，比如张竟生、陶希圣有多少人知道？回到《1984》，温斯顿这个角色很有意思，他在“双重思想”指导下，一方面在工作期间销毁真相，回到家以后，又在电幕底下记录真相。这样的人现实中也有不少吧。

非常多，我们自己未必就不是这样的人。

反过来讲，所有人都是奥勃良吗？也是！

对呀，可是拍成电影就变成一对一的问题了。卡夫卡的《诉讼》也曾经两次被拍成电影。小说的第一句话：“约瑟夫·K无缘无故地被捕了。”这在电影里面没法表现，电影只能表现有缘有故。看电影时我旁边有个朋友，他问我说主人公到底犯了什么事。问题就在这儿。拍成电影，就变成一个具体的人的遭遇了。无论约瑟夫·K，还是温斯顿，都不是一个人的遭遇。

这里的人物都是符号。

所有的人都是温斯顿，但是一旦把他具体化，就变成某一个人的事了。

包括派森斯，他那个邻居。

也是变成只有一个人在盯着他了。另一方面，这本书里面涉及到科学的问题，而科学进步的速度和程度是任何人，包括奥威尔，所难以想象的。他可以想到人类社会不是进步而是退步，或者发展到什么程度，但是他真想不到科学能发展到什么程度，这是我们任何一个人都想不到的事。如果只盯着小说里“电幕”一类东西，那我要说，现实中没有“电幕”时，它真的不存在吗？而现在的科学早已把“电幕”完善到不留任何死角了。

相比之下，赫胥黎在 1932 年的时候，对于科学进步想得更多，更充分。赫胥黎同样也是走到极致了。

奥威尔《1984》出版后引起很大轰动。赫胥黎是奥威尔在伊顿的老师，他给奥威尔写了一封信说，《1984》写的其实是我的《美丽新世界》前面的事。我觉得这非常有意思。赫胥黎说真正的集权社会是要讲效率的。他说：“《1984》中占少数的统治者信奉的是一种虐待狂的哲学”。这是《1984》里相当深刻之处，却也正是我稍有质疑之处。满足这种虐待狂实在太浪费时间了，效率不高。

我对你的说法做点补充。其实温斯顿是一个符号，奥勃良也是一个符号，如果在这一层意义理解下，你会发现奥勃良对温斯顿在整个虐待过程中，使用各种各样的手段，直到最后拿出一只饿狼一样的大老鼠，你会发现那是一个符号对另一个符号的迫害过程，他改造的不只是温斯顿。

这里必须强调一下，这是一本小说，必须具有一定的情节性，作者必须让过程曲折。另外一点，这本书的后半部分，当温斯顿被改造的时候，这是这本书最麻烦，最难解决的问题。这里作者受了库斯特勒《正午的黑暗》很大影响。温斯顿是书中唯一有良心的人，唯一有思想的人。他要变成一个像奥勃良那样的人。这在当年扎米亚京写《我们》时也是一件很难解决的事。但是到《美丽新世界》中这个问题不存在了。没有谁需要被改造了。赫胥黎谈到效率，不是强制性的，是人人自觉自愿的，不像是在奴隶社会，那时效率非常高，但却是强制性的。《美丽新世界》里人们幸福地追求着效率，或者说追求着幸福的效率。

烦恼的时候可以吃几颗唆麻，还可度唆麻假。

这正是赫胥黎更深刻的地方。《1984》不过是把我们这个世界写到头了，之后还有一个“美丽新世界”。在《我们》和《1984》

里显然存在着意识形态的问题，在《美丽新世界》里唯一的意识形态就是效率。而且所有人都主动追求这个效率。我为什么那么强调《1984》，是因为我们缺这一课，应该补上，不然至少思想方面会有很大漏洞，而这在《1984》里已经揭示完了。现实还没有走到这一步，但《1984》写到这一步了。但是如果仅仅出于现实的考虑，也许《1984》不必看了。《美丽新世界》就不是这样，它写的是我们越来越要面临的事。我觉得我们正处在《1984》和《美丽新世界》之间。

"美丽新世界"，是人类整体要面临的事了。

而且大家从不同的地方、不同的国家和不同的体制下共同地往这个方向努力。《1984》还是一个局部的选择，和可能对整个人类造成的威胁。《美丽新世界》则无所逃避。举个例子，《1984》里有思想，温斯顿之所以是温斯顿，是因为他有思想。温斯顿最后放弃了什么呢？他并没有放弃他的生存，甚至他生存条件都没有变得更坏或更好，他只是把思想放弃了，把他思考的能力、思考的权利放弃了。其实从来也没给他这个权利，只是他自己偷偷保留一点而已。现在他放弃了，就变成普通人了。也就是奥勃良要求他的：温斯顿你别思想就行了。温斯顿最后与他达成了共识，我不思想，而且心甘情愿地不思想。我不思想，也就是按照你的思想来思想，那也就无所谓思想了。这里最重要的就是关于"我"和"我们"的问题，所谓思想改造，就是把“我”变成了“我们”。在温斯顿身上发生的就是一个人的思想变成了一群人的思想，而一群人的思想根本就不是思想，思想必须在个人意义上才成立。但是，你注意到没有，在《美丽新世界》里面并没有思想这回事，伯纳并不是一个思想者，他只是稍稍发点牢骚而已。

> 话说回来，我看完《美丽新世界》之后，我想如果人类有一天，每个个体变成非人的话，就如同赫胥黎描述的那样一种状态，他们不知道除了那样的幸福之外还有什么样的幸福，会是怎样一种情景！

就像我在《面对“美丽新世界”》里说的：“美丽新世界”可能比“1984”更难为我们所抵御，因为它没有“坏”，只有“好”。虽然这种“好”意味着人已经丧失一切，甚至比《我们》和《1984》里面丧失更多。

> 我读到你这一句话了。你说的只有“好”没有“坏”，我的反应是既没有“好”也没有“坏”。你这个还是有价值判断。我是说，那里根本没有价值这一说。你还是站在“此在”来看这件事。

是呀，不能不站在“此在”。我不能站在“美丽新世界”的角度，站在那个角度我就没有办法思想了。

不是你人站在“此在”，而是你的思想还站在“此在”。你身体站在“此在”，但是你的思想可以进一步超越，你会发现，我们没有办法命名它，但我们倾向于把它视为一个“白”或者“无”的世界，就是这里面没有什么价值判断的问题，没有好坏，没有谎言和真相之分别。

我说的是我自己这样一个可能告别《1984》而面对《美丽新世界》的人的感受，这不是价值判断。我说，世间有了《1984》，人得以明白就中道理，看到危险所在，“1984”的实现因此困难许多；有了《美丽新世界》，“美丽新世界”仍然无法避免，因为是愿望而不是权力导致它的降临。

你这个看法是很深刻的，而且很本质。其实多数人是不愿意过《1984》那样的生活，但愿意过《美丽新世界》的生活。

所以如果要问《美丽新世界》和《1984》哪一本更重要，我可能要说《美丽新世界》更重要。其实《1984》和《我们》都是让我无可奈何的书，我不认为《1984》有可能百分之百实现，还没到那时候它自己就死了，但是裹挟其中，还是让人觉得无可奈何。但是这种无可奈何感，根本比不上《美丽新世界》。我觉得对于《美丽新世界》你别想什么了，这你只能接受，因为一个人能抵御痛苦，但不能抵御幸福。

这就是《美丽新世界》里面约翰说的:“我要的不是这样的舒服。我需要上帝!诗!真正的冒险!自由!善!甚至是罪恶!”总统说:“实际上你是在要求受苦受难的权利。”受苦受难,有谁能把它当成权利啊?

> 我没有你这么悲观。但是很恐惧《美丽新世界》那个状态。如果《美丽新世界》真的到来,而且所有的人就如《美丽新世界》所描述的那样非人状况的话,我们现在在这里讨论也就是瞎扯。

《我们》、《美丽新世界》和《1984》三部小说里面有共同的一点,就是描写的都是秩序的世界。你不能在秩序之外,秩序之外什么都不允许存在。只有在《美丽新世界》里,这个秩序跟你的人性一致了,虽然它是在更大程度上抹杀人性。“美丽新世界”是真正终结“1984”的。“1984”并不是终结于温斯顿这样的人。不是靠有几个温斯顿,偷偷摸摸地写点什么东西就可以动摇“1984”,它是终结于“美丽新世界”,这就是赫胥黎说那句话的真正意义:你那《1984》在我前面,我这《美丽新世界》替代你。

> 再回到《1984》。对于那个体制而言,温斯顿的威胁显然要远远大于茱丽亚。当这样两个条件同时满足的时候,茱丽亚的自由对《美丽新世界》而言,就越来

越重要了：第一，消灭温斯顿；第二，鼓励茱丽亚。

茱丽亚是“腰以下的叛逆”，这纯粹是个人追求。按照你所说的，那么首先要把这种追求变成一般意义上的，共同的，譬如对于财富的追求，对于生活舒适的追求，等等。茱丽亚尚且与此无关。

其实我说的鼓励，在《1984》还不被鼓励，还要给抓起来。但到了后《1984》，他们发现了与其让更多的奥勃良的人存在，还不如让更多的茱丽亚存在。

我不同意你所说的“发现”，这完全是历史发展的结果。这么说吧，如果没有温斯顿和茱丽亚，只剩下奥勃良了，他就没有存在的价值了。

《1984》直接过不去，有一些条件，但后《1984》很容易直接的和《美丽新世界》建立一种联系。

这个世界慢慢地会变成赫胥黎笔下的“美丽新世界”，甚至不需要经过一场书中写的“九年战争”。只要当赫胥黎说的效率成为人类唯一的追求目标的时候，就行了。

那个时候奥勃良也好，老大哥也好，消失就消失了。

不过《1984》的茱丽亚和温斯顿一样，代表着一种少而又少，却要被进一步剥夺干净的个人追求。你把茱丽亚与“美丽新世界”联系在一起，奥威尔确实没有这么想。如果他这样想的话，那么温斯顿更没法活了。

老子曲线

与吴思谈老子

吴思　1957年生于北京。作家、记者、历史学者。1982年毕业于中国人民大学。先后在《农民日报》《桥》《炎黄春秋》报刊任职。著有《陈永贵沉浮中南海：改造中国的试验》《潜规则：中国历史中的真实游戏》《血酬定律：中国历史中的生存游戏》等。

缘起 >>> >>> >>>

不能肯定，一千人读老子，会读出一千个老子。但一百人解老子，一定解出一百个老子。更远的不说，今人多有解老子者，确是一人一老子。有高明的老子，有陈鼓应的老子，有尹振环的老子，有李零的老子，当然还有止庵的老子，刘笑敢的老子，王蒙的老子，等等。对了，还有一个别致的杨鹏老子。今天我们将看到老子的另一解版本，精彩之极。

老子约5000言，多称《道德经》。一般认为它是对统治者的“进言”或“训诫”。古希腊、罗马都有这个传统，色诺芬有《居鲁士的教育》，和《西耶罗或僭政》。于此一点，古典作家不分中外，心心相印。仔细读孔子的《论语》，包括孟子的著述，无一不是对着统治者在说话。古典作家说话的另一共同点，便是教育君主的同时，开出理想国的政治方案。柏拉图的著作干脆就叫《理想国》。现在看来，我们不能把它们都当作乌托邦式的异想天开。

李聃有他的理想国，但不是被通常理解的“小国寡民”，否则也不会有他的“治大邦若烹小鲜”之说。但李聃的理想国，跟许多先贤的不一样，它确实在历史上，有被实践的机会，不止一次。像汉代的“文景之治”，唐代的“贞观之治”。谁见过地上孔、孟的理想国？或柏拉图的理想国？老子不一般。这或许是老子及其《道德经》，比中国其他先贤的言说，被中外更多关注的原因。

西方思想原点，政治方案有替统治者说话的（柏拉图），但也有替老百姓说话的（耶稣）。西方后来的历史，沿着这两条脉络发展，校正。相比较，中国像是只有替统治者说话的方案。但统治者却谁的账也不买，只考虑自己的得失、利益。中国历史的吊诡，不止古典时期，近现代亦如是也。老子方案，似乎就是这一切吊诡的原点之一。它更像是陷阱。

李聃聪明，历史上一部分统治者也比较聪明，多数是笨蛋、傻蛋、糊涂蛋，听不懂老子说什么。甚至以为老子方案是它们追求快活的陷阱。

老子及其《道德经》到底是什么，我们今天请出贤人吴思，来谈谈他的版本的老子。

刘苏里

在展开老子前，你能否就《道德经》的基本情况跟大家作个交代，像版本呵，老子解读流行的几条路线呵等，让读者进入你的问题前有个准备。

版本我略知一二，解读路数所知有限，就别露怯了。

我们以前一直用的是所谓“今本”，有名的版本，比如说王弼注的《道德经》，还有河上公注的，唐朝傅弈注的。最古的是郭店楚简，2000多字，大概是公元前300年以前的版本。马王堆帛书有两个版本：甲本，乙本。甲本乙本之间大概差30来年，前者是公元前200年左右，后者大概是公元前170年左右。

你为什么在电脑上读，而不是直接读书？

我在电脑里对照着贴了两个版本，一个帛书本，一个今本。在电脑上倒来倒去比较方便，好分类。《道德经》总共81章，按照那81章的顺序读，横竖理不顺内部的逻辑关系。有三五章的逻辑关系能够说顺就不错了。还有好多重复，颠三倒四地说。后来我想，这不就是一个格言集嘛，格言汇总。既不遵守叙事逻辑，也不遵守论文的逻辑，论点论据什么的。既然是格言集，我就可以根据内容给它重新分类。用电脑读老子就是为了重新分类。

你做分类的目的，是想彻底把老子格言化？

正好相反，我是想把格言集编辑成一篇文章，不同的章节说不同的事，说完就了完，后边不再重复。为此还拆开了原来有逻辑关系的篇章，有好多篇章原来也有逻辑关系，但也就是三四章，最多四五章。

这种情况也不多。

既然不多，就重新排列一下吧。按照原来的排列方式，能把人读晕了。我读了五六遍都闹不清楚老子到底说了些什么。

我也有这个感觉。你读来读去，要想对老子思想做一个总结，几大块，主要谈了什么东西，非常难。就像你说的，因为它隔一段就重复一次。你这个分类读法，是很好的思路。按照什么标准分类呢？

我在琢磨历史的时候，发现两件事有一个关系：统治者的利益，和他们给予老百姓的自由，两者之间有一种正比关系。比如让老百姓自主经营，自由贸易，给他们比较多的自由，同时，统治者限制自己，减少作为，比如盐铁垄断，开放给民间去做，比如井田制，集体劳动，改成分田单干。这样干起来后，老百姓富了，统治者日子也过好了，省心了，税收也增加了。我就想用一条曲线把这个关系表现出来。我给你画出来看看。

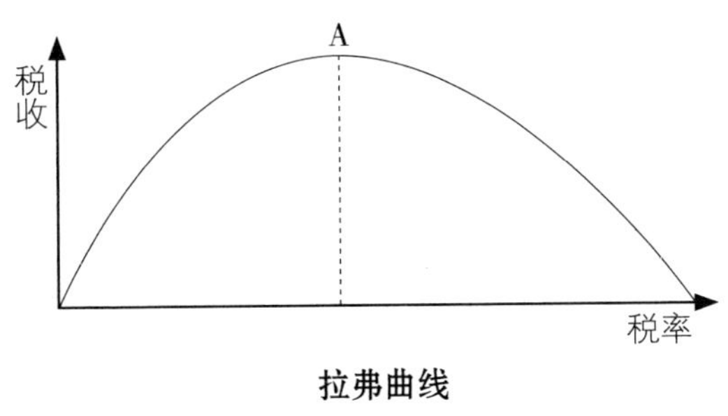

拉弗曲线

这叫拉弗曲线，一个美国经济学家给美国总统讲税率和税收总额的关系，在讲这个关系的时候，他就在餐巾纸上给总统画了这么一个东西。这个是税收的总额（纵坐标），这个是税率（横坐标）。税率提高，税收总额也提高，10% 的税，比如说 10 个亿，20% 的税，收到 20 个亿，25% 的税，还能收 25 亿吗？收 23 个亿，35% 的税呢？又变成收 20 亿了。70% 的呢？就变成 10 亿多一点，100% 的税呢，就没有税了。没人种地了，因为干了都让你拿走了。

统治者收税，或者土匪抢东西，都跟这道理一样，抢劫率超过一个点，抢劫率继续提高，你抢来的东西反而会少。

竭泽而渔，最后是一无所得。

对。这是一条线。

我受这条线的启发，就想到另外一个东西，我给这条线当时起的名字就叫“老子曲线”，这根线描述“法酬”与自由的关系，法酬就是法规带来的收益，搞垄断就有垄断利润，立法征税，调整税率，这类法规也有相应的收益。

但是法规收益比税率要复杂。

制度不一定是直接拿东西，比如搞人民公社，搞统购统销，关闭自由市场。干这些事的时候，统治者的制度收益就是法酬。反过来，不限制、法规放开的那部分，就是自由。

老子曲线的意思是：如果民众的自由增加——大包干，农民爱种什么种什么，自由种植，自由交易，放开限制，那么，统治者的法酬也会增加。农民积极性调动起来了，粮食产量提高了，税收就可以增加，不仅税收增加，管制成本还会下降。

再往下走，官办企业也放开了，承包了，抓大放小了，企业利润就会增加，财政补贴就可以减少。当自由进一步增加的时候，比如外贸和金融领域放开了，整体经济效率提高，统治者的法酬也进一步增加，两者之间有正比关系，曲线往上走。

但是走到一个最高点，自由再增加，比如民众有了知情权，监督权，选举权，自由大到这个份上的时候，统治者的法酬反而开始下降。它靠法规吃到嘴里的剩余逐步消失了。法酬是什么呢？全部税收，全部法规收益，减去公共开支，其剩余部分就是法酬。

你这个法酬，就是统治者的利润？

暴力的利润。

如果没有暴力，自由契约，老百姓跟官府做交易，民众交税，换官府的公共服务，取之于民，用之于民，自然没有剩余。自由如果到了100分，连政治自由都给老百姓了，那么法酬为零。统治者要是不老实，贪污受贿，吃剩余，民众可以把他选下去。

这时的“法酬”等于彻底的公共开支。

公共开支是没有剩余的。就是取之于民，用之于民。

老子曲线什么意思呢？前半段，统治者跟民众的关系，有共同的利益，双方是一致的。到了最高点，就开始分道扬镳。

这边是增加自由，那边是增加法酬。

对，这是一致的。但是越过最高点之后，老百姓还想继续增加自由，特别是政治自由，统治者的法酬将要下降，这时候老子说什么呢？愚民政策就出来了。老子整个关于愚民政策说了几句话。

也不多。

不多。跟老百姓有直接冲突的话只有三四段。第三章说：“是以圣人之治也，虚其心，实其腹，弱其智，强其骨，恒使民无知无欲也，使夫知不敢、弗为而已，则无不治矣。”这是第一段。让民众保持在无知和无欲的状态。老子不肯跟随民众往下走了，开始抑制民众了。

再往下说，第十二章：“是以圣人之治也，为腹不为目”。不让人家视五色，听五音，尝五味。控制民众的欲望。他还说：“古之善为道者，非以明民，将以愚之”，直截了当要愚民。“民之难治，以其智多”。总之，剥夺民众的知情权，剥夺他们的认识权，抑制他们的欲望，降低他们的期望值，让他们觉得世间就是这样的，不敢做，不敢想。不再追求更多的自由。到此，老子与民众分道扬镳。

想到这条曲线之后，我就想起来老子的很多话，可以支持这条曲线的话。例如支持前半段的：“将欲取之，必固与之”，“圣人不积，既以为人己愈有，既以与人己愈多”——给民众的自由越多，统治者得到的利益也越多。

反过来，限制民众的自由：“天下多忌讳而民弥贫。”当年人民公社时期不就是什么都限制吗？限制越多，民众越穷。

“人之饥也，以其取食税之多也，是以饥。百姓之不治也，以其上有以为也，是以不治。”上边想干的事太多了，老百姓就不听话了，开始反抗了。而且犯法的也多。“法令滋章，盗贼多有”。

后来改革了，放开搞活了，“我无为而民自化，我无事而民自富”。关于无为而治的论述非常多，我就不举例了。

老子的这些话，描述了统治者和民众之间的共同利益，民众自由增加，好处增加，统治者的收益也随之增加，然后到达拐点。我想到了这条曲线，就称之为老子曲线。但我又有点心虚，老子是这个意思吗？整个《道德经》讲的都是这个东西吗？于是我重读《道德经》。把相关的话归成类。归类可以有许多角度，我选的角度就是统治者跟老百姓的关系。从这个角度去分类。我原来最基本的分类就是“民跟官的一致”，“民跟官的分歧”。总共 81 章，跟老百姓冲突的有三章，跟老百姓一致的有四章。

一致的只有四章吗？我印象中很多似的。

以退为进，欲取先予，讲这种反向行动的原理的有 25 章。这 25 章里头包括了与民众利益一致的 4 章。给民众好处，就是一种反向行动，结果是：“以其无私，是以成其私”——统治者越干无私的事，对他自己越有利。这是反向行动部分。

此外还有“无为而治”部分，也可以认为和自由放任的政策有关系，无为而治部分有 24 章。两部分将近 50 章，比重非常大。这两部分之下还可以分作几个单元。

在我看来，整个道德经，一级分类有五个部分。还有二级分类和三级分类。

一套章节目录？

看看我的分类目录：

一、什么是道（共15章）

1.1、什么是道，对道的认识（8章）

1.2、道利而不害，（7章，）

二、守道（共63章）

2.1 道之重要（2章）

2.2 无为而治（共24章）

2.2.1 无为而治（1章）

2.2.2 无为而治为上，其次的排列（4章）

2.2.3 无为而治道理之一：守道（2章）

2.2.4 无为而治道理之二：虚无（2章）

2.2.5 无为而治道理之三：守静（3章）

2.2.6 无为而治道理之四：反用（2章）

2.2.7 无为而治道理之五：柔克刚（1章）

2.2.8 无为而治：谨慎，逐步，简易（2章）

2.2.9 不过度，跟随自然而已（7章）

2.3 反向行动（共25章）

2.3.1 反用术的一般道理，道的特征（3 章）

2.3.2 欲取先予，以退为进，反用的治国术及其原理（12 章）

2.3.3 对民众多予少取反而有利（与民的共容利益）（4 章）

2.3.4 节制暴力，以下为上（国际关系）（4 章）

2.3.5 以合道的方式进行战争，反向行动（2 章）

2.4 统治者的修养（与自身的关系）（共 12 章）

2.4.1 统治者的自我修养（11 章）

2.4.2 不守道的统治者近似盗贼（1 章）

三、与民的冲突性关系（共 3 章）（右倾）

四、理想统治者和理想世界（共 2 章）（左倾）

五、对吾道的知与行（共 2 章）

我稍微解释几句。

第一部分，什么是道，可以分为两个单元：第一单元，什么是道，对道的认识和描述，如何难以认识，如何难以描述等等。第二单元，“道利而不害”，“往而不害，安平泰”。“道生之，德蓄之，长之育之，”总之道是建设性的。而且，“天道无亲，恒与善人”，只要你办善事，天道给予的回报总是好的，从结果上看，道也鼓励善人。

第二部分，就是守道。守道这一部分就占了 63 章。这是道德经的主体内容。

第三部分，与民众的冲突，在以上分类的逻辑中无处安插，于是单独作为一部分。

第四部分，老子描绘出一种理想统治者的形象，又描绘出一个理想世界。这也无法安插在以前的三部分中，于是单分一章。

最后是结尾,好像一个后记,老子说他的道甚易知,甚易行,天下莫能知，莫能行，因为人们不虚心等等。这部分有两章。

这就是我做的分类。因为有四章的内容包含了两种以上的意思，需要同时归入不同单元，所以总章节超过 81 章，各部分的分类加上重复共有 85 章。

分类之后我发现，所谓老子曲线，总的说来，可以获得《道德经》在思想上的支持。但是又有一些小冲突。按老子的逻辑说，既然“道利而不害”，排除了其中的暴力或伤害人的成分，那么，这样的无为而治，自发成长，就应该一路发展下去，但老子又说不让老百姓发展知识和欲望，抑制民众，让他们无知无欲，这是自相矛盾的。这种自相矛盾的内容，我只好单独列为第三部分。

另外，老子又说，理想社会是“小国寡民”，“鸡犬相闻，老死不相往来”。我们知道，按照历史发展的逻辑，也是道的逻辑，只要你无为而治，顺其自然，利而不害，那么，随着交易增加，专业程度增加，这个社会必将走向繁荣，“我无事而民自富”。另外一种可能，随着人口增加，资源紧张，如果控制不住暴力的话，就会出现战争。如果你把暴力控制住了，就会高度繁荣。所以，在任何情况下，他想像的“小国寡民”都不会出现：有战争时不可能出现，大吃小，将有大国出现，大国就是暴力竞争的产物。如果没有战争，会出现经济繁荣和社会进步。

老子描述了理想统治者："圣人无心，以百姓之心为心"。如果真是这样的话，老子曲线就会走到头，不会出现统治者与民众的冲突。怎样保证"圣人无心，以百姓之心为心"呢？老子只给了这么一句话，没有给出任何具体的办法。我们知道，民选总统可以保证统治者大体符合民心，民主监督也可以让百姓把不顺心的统治者换下去，换上来的肯定是顺百姓心的，如此，这条老子曲线就可以走到头。但是老子只有一句空话。而且，还有其他一些很扎实的话与这句空话相反，堵住民众不让他们往下走。所以，这条走到头的线，这后半段，只能是一条虚线。

这段无法归类的理想描绘，单独列为第四部分。

分完类之后，我才明白道德经的思想有这样一种结构，我才第一次能讲清楚老子究竟说了些什么。

你怎么看老子曲线的后半段？

这一段，他实际上只有一句话。在曲线顶点或者叫拐点的位置上有三句话，还与这一句话有矛盾。

对，你刚才讲清楚了，后半段老子只是提出了问题，而且还左右摇摆了一下。何以至此？向右上这条线肯定走不通，或走到"小国寡民"，或无限繁荣，都不可能。有一个强约束因素，像你说的人口增长。按当时他们处的自然条件，或者社会环境条件，难以想象。人口增长没有控制会导致什么？一定是战争嘛，以至于“人相食”嘛。

我这么理解。我们假定作者老子是一个人，一个很复杂的人，有内心矛盾的人。如果不是一个人，而是几个作者合起来，互相之间更会有差别和矛盾。总之作者自身存在矛盾。但他非常聪明，能反向看问题，在百姓和统治者一致方面，他提的策略都是可操作的，可行的，很有智慧。他就像现在的知识分子一样，在给官方出主意的时候，考虑得很现实很具体。包括最后出什么事，怎么镇压，怎么收拾领头的，他都说得很清楚。但并不等于这位知识分子没理想，没良心，他有。在给党提了建议之后，他补充说，党要全心全意为人民服务，这样才能真正长治久安。如果你真能抛弃私欲，做到三个代表，彻底代表老百姓，那当然好了。老子提出了这个理想，但是没有制度措施，所以我只能说这是一条虚线。

他描述理想世界也同样很虚，就一句，也没有重复和支持，就是“小国寡民”。

我们就顺着你这个曲线来看老子。如果按照你刚才讲的他不仅把问题讲清楚了，包括细致的方案、怎么做他也有了。以至于这么做的好处也点出来了，可老子之后的2500年，除了个别历史时段，我们看到老子曲线上半段被呈现出来，最典型的就是“文景之治”和“贞观之治”，那比起我们更长段不堪回首的历史，这几乎是一瞬间。

还要加上改革开放30年。说实在的，我能画出这条线来，就是在勾勒改革开放给我的印象。我觉得我理解了老子，就是因为我理解了现实。老子也要求你通过这种方式去理解他。帛书本的第14章，他叫我们“执今之道，以御今之有”，就是用今天的道理来把握今天的事实，“以知古始”——由此来知道古代的初始状态，“是谓道纪”。这叫道纪。

今天的道理是什么呢？我前一段在读田纪云的《改革开放的伟大实践》，读的时候，我就发现改革者把握了几条规律性东西，这么一场大规模的改革开放，没真正抓住点规律，能取得如今的成就吗？那么，改革者到底抓到什么规律了？我看出两条全党形成共识的规律：第一定律和第二定律。

第一定律：财富创造律。财富创造取决于生产者是不是有积极性，生产者是否有积极性，又取决于是不是多干多得，少干少得，自作自受。自作自受的制度是什么呢？承包制度是浅层的，产权制度改革是深层的。最能调动财富创造积极性的产权制度是：个人自主决策，成功了自己受惠，失败了自己承担结果，自作自受，这就是自由的标准定义。这种自由的深度和广度，与财富创造正相关。两个东西之间稳定持久的正相关，不就是一个定律吗？这就是改革者认识到的第一定律：财富是怎么创造出来的，财富创造的强度与自由度正相关。

再进一步说，如果把市场引进来，优胜劣汰，有竞争，干不好的自然淘汰，留在这里都是能干的，效率不错的，这种自作自受的制度，在整体上必然是一个创造财富非常有效的制度。总之，自由市场制度，自由企业制度，个体层面和宏观整体的自作自受的制度，与财富创造活动的强度，有很强的正相关。这是第一定律。

尊重了第一定律，这个政府就得民心，就安定，政府的财政收入也越来越多，政权越来越稳固。这就是第二定律：统治集团的兴亡取决于你对第一定律的接受和遵从。当然，最彻底的遵从就是民主，让老百姓自己当家作主，维护自己自由，谁侵犯他们就把谁选下去，换上来的人都是维护百姓自由的。中国政府目前还没有贯彻他们对第二定律的认识，没有贯彻到底，就像老子似的，表达了一些理想，但只给虚的，下半段还是一条虚线。

这两条定律，老子都讲到了，所谓“我无事民自富”，你不去干预，民众就能富裕起来，这就是财富创造律，或者叫改革开放第一定律。民怎么富？统治者少干预，减少苛捐杂税，少垄断，于是财富就增加了了。如果政府遵循第一定律，政府也就跟着强大起来，这就是第二定律。老子曲线的前半段，可以根据改革开放的经验，拆解成两条定律，自由度、财富创造、政权强大程度，三者之间正相关。老子曲线的前半段合并描绘了这种相关关系：给民众的好处越多，统治者的收益越高。

理解了这些今天的道理，回过头再看老子说的道理，就发现他说的是这个贯穿古今的道理。“执今之道，以御今之有，以知古始”。你想想，那时候跟现代有很多相似的地方，井田制不行了，后来被初税亩代替，用我们现在说法，大概就相当于人民公社解体了，分田单干了。老百姓自由了，于是财富创造增加了。初税亩是公元前594年的事，这是老子的作者可以看到的历史经验。

> 你怎么用老子这条曲线解释这样一种现象：中国所谓有钱，或者给人感觉富起来了，实际上是入关（WTO）以后。统计数字告诉我们，入关前的1999年，中国的外汇储备只有1440亿美元。入关8年，超过2万亿。这个增长速度在所知人类历史上是没有出现过的。

刚才把老子曲线拆解成的两个定律，第一定律是财富定律，“我无事民自富”，你给老百姓自由，财富就增加，用这个可以解释加入WTO之后的成绩。

怎么解释呢？第一，破除贸易壁垒了，加入世界贸易体系了，意味着我们的自由可以跨国界了，各生产要素的流动，产品的流动可以自由跨国界了。全世界都是我们的自由空间了。

第二，这个自由必须剔除暴力，所谓道“利而不害”，自由也有同样的特点，利而不害，就是不侵犯别人的权利，这个范围之内你是自由的。道和自由有相同的灵魂，就是利而不害。在我们入 WTO 之前，中国国内的制度歧视民营企业，设立了种种壁垒，而这些壁垒都是以暴力为依托的，非法集资，坐牢，枪毙。加入 WTO 之后，至少拆了一部分壁垒，老百姓所受到的束缚，就是强制捆住你手脚的东西减少了，就是老百姓自由的深度增加了。无论在质上量上，中国老百姓的自由都增加了，财富的增加就是经济自由增加的自然结果。

好，我们还是回到你这个图上来。人类存在本身所追求的只是前半段吗？还是统治者实际上最希望追求这一段？

对统治者来说，最佳自由度就到这个最高点，再往前走，其纯收益就要下降。

这样就好理解了。统治者在自由这一条线上放一放，并不是他对自由有什么理想追求，顺道增加他的法酬，而是他首先想到如何增加法酬，才发现还有这么一条可以适度扩大的自由线。而我们实际看到的，更可能是在这条线的后半部分来回推磨，收一收，放一放，像是螺旋式运动，实际上既不倒退，也不前进。如此一来，这个自由与人类代代追求、被思想家们不断强调的具有本质规定性的自由，相去十万八千里。

当然有差别。

> 但你一直在用自由这个词。在我看来，这几乎是一个物欲的自由。统治者增加你欲望的度，将导致他财富或者力量的增加。物欲的自由就是吃饱饭的自由。

我们在这加一个字，“度”。“自由度”在理论上的满分是100分。但对统治者最有利的时候是一半，50分。民众希望100分，统治者希望50分，有50分属于共同利益，还有50分属于分歧。

> 对，用“自由度”。如果你把整条线看成是自由度的话，你怎么看这后半段呢？后半段你用虚线表达，如果虚线坐实了，是不是就是真正的自由了？
>
> 后半段统治者不肯坐实，要极力限制民众的权利和选择空间。

人满足了低级需要，就转向高级需要，高级需要发展下去，就要争取荣誉，自尊心，社会地位，自我实现，最后整天下棋，跟神仙似的，不干活了，追求闲暇。对统治者来说，你光闲着，不给我生产，不给我打仗，这种人没用。按照李零的说法，扣除了那些高级欲望之后，人满足于吃饱穿暖，那是牛马。统治者心目中的最好的民众就是牛马。没有更高的欲望。这个分寸对统治者最好。所以这个最佳自由度就到这个顶点或拐点的位置，就给你 50 平方米的自由空间。再多增加 10 平方米，你就会有了某些政治权利，要求监督权，要求知情权，要求掌握更多的知识，要求掌握自己的命运。这些要求和欲望的增加，都是老百姓的自由度在增加。但是统治者的法酬就要下降。要真的让老百姓能够选举公仆了，统治者的法酬就会变成零。他们就真成公仆了。这就是民主社会中可能达到的自由度，100 分，100 平方米。没这么理想也有 80 分吧。

如果说改革开放30年一直沿着老子曲线的前半段走，是开不出后半段来的——把这个虚线变成实线。古典智慧当中，还有谁能给我们从虚线到实线以启发吗？

我不知道。前半段曲线，我们可以称之为经济自由主义，在经济领域里充分的扩大自由。能够使经济发展，这些确实能给我们带来“文景之治”，能够给我们带来改革开放的伟大成就。但是，再往前走，自由度再扩大的话，我们历史没这个经验，别说没这个经验，在想象力上，老子也没想象出来。

这个叫动物自由。

动物自由有点狠了，经济自由吧。经济一般都是为了满足一般人的物质欲望。吃饱穿暖。但是再往前走，涉及到人的尊严、政治权利，涉及到人可以不干活了……

这是人的自由的时候。

主要是政治领域，因为人们一旦能决定自己的命运了，他爱干吗就是自己的事了。

也不光是政治领域，包括信仰、艺术创造。

我们这条线讲的是法酬和自由度的关系。前半段重点在经济领域，经济上的改革开放，经济自由都可以做。再往前走就是政治自由了。这半段是涉及到对统治者的限制和监督的问题，民间增加一点，统治者减少一点，民间增加到100，统治者的剩余变成零，这是不能容忍的。我认为，我们改革走到这一点，就到了这个双方利益一致的最高点，也是从统治集团看来的最佳自由点，到了50分了。再往前走到51平方米的时候，民间自由增加1平方米，官方的收益要降低1寸，这时候分歧开始。这就是我们的改革到现在难以推进的缘故。

有的时候阻碍者是一个利益集团，他的最佳利益和总体统治集团的利益不一样，他到45、47就不肯放权让利了，不往前走了，尽管还有一段利益，比如开放电信，开放金融。尽管整个国家经济受损，他也咬住，就不往前走。于是可能就发生这样的博弈，在各个集团利益的阻击之下，连50平方米的自由空间都达不到，就45到47之间拉锯。

现在大体还是40到50之间在博弈。你走到50又能怎样?

没有质变。走到50平方米，就是老子政策的理想境界。当然不是小国寡民，而是官民双方的繁荣。但是这个繁荣都是没有保障的。

谁都没有保障，包括统治者自己在内。